TO SELFIE OR NOT TO SELFIE

JULIA ANTUERPEM

SIMONSEN

Editor **RODRIGO SIMONSEN**
Revisor **ROBERTO MONICELLI**
Capa e projeto gráfico **GUSTAVO PIQUEIRA / CASA REX**
Impressão e acabamento **PAYM**

DADOS INTERNACIONAIS DE CATALOGAÇÃO NA PUBLICAÇÃO (CIP)
Odilio Hilario Moreira Junior CRB-8/9949

A634t Antuerpem, Julia
To selfie or not to selfie / Julia Antuerpem. - Santos : Simonsen, 2017.
88 p. ; 14cm x 21cm.

ISBN: 978-85-69041-29-0

1. Literatura brasileira. 2. Contos. I. Título.

CDD 869.8992301
CDU 821.134.3(81)-34

Índice para catálogo sistemático:
1. Literatura brasileira: Contos 869.8992301
2. Literatura brasileira: Contos 821.134.3(81)-34

[2017]

SIMONSEN
Editora Simonsen
Av. Washington Luís, 366 11055-000 Santos SP
www.editorasimonsen.com.br
www.facebook.com/editorasimonsen

CONTO DE FADAS MODERNO

Os tempos mudaram. Os contos de fadas também. Mas antes que as empresas surtem por não mais saberem o que bordar na nova leva de travesseiros das crianças, vou relatar um conto de fadas que ouvi recentemente. Um tanto diferente, um tanto mudado, mas, seguramente, um conto de fadas. Moderno.

Era uma vez, um tempo muito próximo onde só existiam quatro pessoas: Eu, Você, Alguém e o Outro. O único objetivo dessas pessoas era subir uma escada até seu topo, onde se encontrava uma linda catedral chamada Chartres. Somente lá é que iriam alcançar a verdadeira evolução e concluir sua jornada de ser humano.

Alguém estava sempre no comando. Era tipo um rei, um magnata, uma autoridade. Ambicioso, não se sabia muito sobre tal pessoa; só que Alguém estava no poder.

Você estava sempre atento. Prestava atenção em tudo e todos, e adorava tirar vantagem. Das suas palavras, era costume sair afrontas em tom de malícia ou, até pior, em tom falsamente doce. Não se sabia muito sobre tal pessoa; só que Você era oportunista.

Eu estava sempre prestativo. Queria ajudar a todos, trazer felicidade, ser justo e digno perante a essência daquela jornada. Não se sabia muito como aconteceu; só que Eu, de alguma forma, ao invés de guardião do objetivo final, fui visto como o portador das más notícias.

E tem o Outro. O Outro estava sempre quieto. Até parecia que o Outro via as coisas ao seu redor, mas, receoso, não participava ativamente de nada. Não se defendia, não atacava, não fazia seleção de quem estava perto dele. Não se sabia muito o que tal pessoa pensava; só que, perante tal apatia, a culpa passou a ser sempre do Outro.

O primeiro degrau coincidia com o começo do tempo. E todos ganharam um chão para começar: um lugar onde bichos e plantas eram respeitados por seus sentimentos, rios transmitiam pureza e cores eram raios de Deus.

Alguém notou a lei da sobrevivência deste primórdio mundo, onde os bichos maiores matavam os bichos menores. Sentindo-se atraído pela ideia, decidiu se tornar um grande guerreiro, criando táticas e armas para matar elefantes e mamutes. Tornou-se um militar incomparável e, tendo matado a maioria dos grandes bichos, Alguém, então, considerou-se o maior dos bichos. Alguém se considerou um deus.

Alguém voltou e impôs seu autodenominado título. Queria criar um império naquela acádia toda, onde todos lhe devessem servidão. "Alguma objeção?", questionou Alguém. Você disse: "Não, estou bem". O Outro disse:

"Não, estou bem". Somente Eu, ao fundo, irritado tanto com a pergunta quanto com as respostas, disse: "Sim, não concordo". Direto e franco. Eu não pensei em querer ser amigável por medo de ser sincero. Ou por medo de criar um inimigo. Não me calei pelas possíveis consequências de minhas próprias palavras.

Não. Eu não aceitei, não entendi. Protestei. Por mim e por todos. Virei – por opção e por falta de opção – defensor dos bichos perante suas vidas e das pessoas, perante suas liberdades. Alguém se sentiu ameaçado e me matou.

Você fez descaso com isso. Não gostava da ideia da servidão, mas, tendo visto a morte do Eu, fingiu aceitar. A partir daí, invejoso, tentou virar o melhor amigo de Alguém para conseguir qualquer privilégio que fosse.

O Outro não se manifestou. Não se importou. Ainda se duvida que o Outro sequer viu a morte do Eu. O Outro simplesmente continuou vivendo a vida tal qual ela era, imposta ou não.

Alguém rapidamente viu tal atitude do Outro e se aproveitou: o Outro, então, foi tido como culpado eterno. Mata-se o Eu e tortura-se o Outro, pobre coitado, deixando-o viver. O Outro tinha que viver. Com medo, de preferência. Não porque o Outro fosse uma ameaça como Eu era, mas porque sempre é necessário um bode expiatório. Vivo e com medo. Quem mais iria carregar a culpa de todas as ações? A samambaia do canto que não se importa é perfeita! O Outro é sempre perfeito, nestas horas.

E assim se deu a primeira tentativa. Alguém no poder, Você tentando usurpá-lo, Eu morto tendo feito um inimigo e o Outro sendo o culpado de toda a revolta.

Mas, por fim, soaram as doze badaladas da meia-noite. Veio a aurora, atravessou o dia, caiu a noite e uma luz se acendeu no céu. E lá estavam todos, novamente, subindo a escada. Esta escada, porém, possuía algumas regras e, a cada nova tentativa, todos sofriam de memória finita e nada se lembravam em exato da primeira chance. Apesar de não se lembrarem, havia uma intuição, uma espécie de memória celular, uma essência qualquer que os faziam ter mais ou menos afinidade entre si, sem saber exatamente o motivo. Curioso é o escritor desta escada.

Assim, nessa nova tentativa, Alguém já chegou com uma vontade latente corroendo-o para se dar bem. Novamente, impôs-se rei. Sim. Sempre tem Alguém (que não é Você, não importa o quanto Você queira) no trono. Alguém manteve a tradição da hierarquia, mesmo sem saber o caminho pelo qual aquela verdade havia sido conquistada.

Você novamente se fez de amigo do rei. Mas com uma atitude que denotava que Você não acreditava realmente em nada disso. Você conversava com Alguém com tanto interesse em suas aquisições, que era a prova máxima de que aquilo tudo era muito além de uma curiosidade amigável. Ardiloso e hábil nas palavras, acabou virando conselheiro de Alguém, título este que, aliás, Você fazia questão de mostrar. Você sempre gostou de aplauso.

E também lá estava Eu, de novo, batalhando pela recompensa do bem e o castigo do mal. Descobrindo ainda mais do que Eu era capaz, quando percebia que tinha que lutar, reagir, obedecer ou suportar.

Desta vez, nem foi necessária a pergunta "Alguma objeção?". Desfiz o feitiço e mostrei a verdadeira intenção de Alguém. Era tão óbvio, tão evidente. Só Eu via isso? Nenhum outro via isso? O Outro? Bem, o Outro estava lá. Acho. Ele tem uma grande habilidade de estar e não estar ao mesmo tempo.

Alguém considerou esta nova revolta como uma grande conspiração e, para reprimi-la, aconselhado por Você – eterno amigo falso e inimigo férreo –, ordenou que Eu cometesse suicídio. Eu não aceitei. Alguém matou o Eu e reescreveu a história, falando que Eu tinha cometido suicídio. Você acreditou, hipocritamente. O Outro, eterno bode expiatório, morto que ainda vive, novamente não fez nada.

Mais tarde, aliás, Alguém confirmou sua intuição de que o Outro aceitava tudo. Aproveitou-se disso e novamente jogou toda culpa e responsabilidade do que dava errado no Outro. A falta de comida era porque o Outro não plantava o suficiente; a falta de higiene era porque o Outro não pagava impostos o suficiente; choveu porque o Outro se atrasou ao levantar, e assim por diante. Ah! Que mundo formidável para Alguém. O Outro sempre foi um investimento que se paga por si só. E Você também pensava assim. Deixe-o viver, ele é necessário para Você ter assunto, para Você falar mal, para Você desviar a atenção de Alguém enquanto prepara a apunhalada nas costas, não é mesmo?

Porém, as doze badaladas sempre voltam e, com um suspense há muito tempo desaparecido, Eu, Você, Alguém e o Outro sempre nos reencontrávamos. Fanfarrão é o escritor dessa escada.

A verdade é que pouca coisa de original havia nos novos cenários. A cada nova tentativa, Eu voltava com toda a expectativa enquanto Alguém sempre se esquecia da subida e só se lembrava da certeza de sua deificação. Desejando cada vez mais ampliar seu domínio, Alguém desencadeou guerras, acumulou fortuna, descobriu a crueldade, aprendeu a corrupção, criou um jornalismo da cor do sol. Por várias vezes, Alguém, cada vez mais um político duro e sem escrúpulos (que homem de aço!), manteve-se no poder. Não importava como. Não interessava se Alguém tinha que se exilar nas fadas andinas ou esconder seus tesouros e baterias de granito no subterrâneo, afirmando nada ter. Alguém queria somente o poder. *Qualis ariefix pereo!*

Eu, em contrapartida, em todas as tentativas sempre estive na oposição, na rebelião, sempre sozinho. Sim, pode até ser que Eu nunca tenha sido lá o melhor dos guerreiros. Mas tinha o coração bom e uma determinação pelo certo maior ainda.

No começo, passei a distribuir meus alvos. Contra Você e a sua falsidade, contra o Outro e a sua apatia, contra o poderio de Alguém. "Alguma objeção?", questionou Alguém. "Sim, mil vezes sim." Sempre! Não que Eu me considerasse honesto em demasia ou imerso em alta ingenuidade. Não. Era só que comigo não se tinha ilusão nenhuma. Eu falo tudo na cara. Mostro a covardia do Outro, como num grande filme; corto relações com Você, por sua falsidade; combato Alguém pelo seu egoísmo. Lançar flechas em cima de árvores era para mim uma covardia. Eu sempre fui aquele que grita no portão e chama para o duelo. Falar que se sabe o quanto Você é falso somente nas trincheiras, mas fingir-se de amigo no dia a dia era para mim algo vergonhoso.

O Outro, por sua vez, em todas as tentativas, dos enfrontes diretos nunca participou, enquanto Eu morria fazendo inimigos aos montes pela simples questão de ainda combatê-los contra sua maldade. Sim, o Outro, inativo, não participava de nenhum combate, nem dormia agoniado com o duelo, nem nunca se machucou fisicamente, mas que amigo o Outro tem? Que valores? Que voz? Que segurança? Que subida? Deste mal, pensava, Eu é que não sou atormentado. E quando Eu vejo o que isto fez com o Outro, fico orgulhoso de dizer que Eu não faço parte disto.

Faço parte do quê, então? Não posso estar neste mesmo mundo, Eu penso tão diferente! Sentia-me uma semente no meio do inverno! Porventura os demais se esqueceram da subida? Só Eu me lembro disso? O escritor desta escada tem conhecimento disto? Então foi em vão que conservei o coração? Estaria Eu errado de batalhar por um mundo melhor? Pois tenho sofrido muito. Em todas as tentativas. Desafiador é o escritor dessa escada.

Mas a escada sempre continua lá. Deixando voltarem todos para tentarem subir novamente. Mesmo que a maioria dos que a ela retorna seja quase um clone da sua tentativa anterior. E fato: qualquer ovelha sarnosa pode voltar para a escada. Se existe uma única coisa neste mundo que Eu acho que tem o direito de ser discriminatória é esta escada, não é não? Será que ela não aprendeu nada com os seus pisantes?

Confesso que, às vezes, não tinha força nem vontade nenhuma de voltar para subir a escada. E, outras vezes ainda, só para ser sincero, só para confirmar que comigo não há ilusão nenhuma mesmo, Eu continuava simplesmente para poder subir logo e nunca mais ter que ver esta escadaria. Contudo, meus pés não resvalavam. Alguém matou o Eu mais de três mil vezes, torturou o Outro demasiadas tantas, enquanto Você ainda tentava chegar ao poder, mirando como inimigos o Eu e o Outro, quando a maior ameaça sempre foi Você. Tantas celeumas já aconteceram. E durante um tempo relativamente prolongado.

Felizmente, por fim, Eu me dominei a tempo, antes de mais uma morte. Depois de tantas mortes, tantas dores, tantas vezes, finalmente Eu parei com o meu velho hábito de atacar e passei a pensar novas formas de salvar a escada. Eu aprendi outras batalhas, mais quietas, mais sorrateiras. Eu aprendi a ser simbólico, evasivo, ocupado. Adquiri uma habilidade ímpar de prever o que podia acontecer no futuro. E até mesmo fui capaz de predizer corretamente o comportamento do Alguém e de Você. Aprendi a me proteger contra Você e aprendi que a melhor maneira de combatê-lo é através da força do seu próprio ego. Sim, Eu aprendi a atirar flechas das árvores e não as acho mais covardes. Covardia é não fazer nada. E isto é culpa do Outro.

Na tentativa atual, a história não é diferente. Sim, estamos nos tempos modernos, onde o começo das relações de amizade se dá com um clique, quando se fala mais "anda logo" do que "te amo". Mas, mesmo assim, Alguém ainda ri alto no poder. A felicidade é forjada, o casamento é falsificado, a maternidade é terceirizada. E fomos nós que criamos ou aconselhamos ou aceitamos isso na tentativa anterior. Quer dizer, nós não. Eu não. Mas tem sempre Alguém que fez isso. Ou um Outro que fez isso. Você fez isso!

Sim. Hoje Você ainda continua alimentando o seu oportunismo. Fala mal do dia, do trabalho, da avó da noiva ao entrar no altar, do Alguém (quando Alguém não vê) e do Outro (mesmo o Outro vendo). E fala do Eu, claro, Eu que só defendi que queria pessoas sinceras e boas ao meu lado nesta escadaria.

Sim. Hoje, Eu ainda me sinto uma semente no meio do inverno. Mas algo mudou. Justo é o escritor desta escada! A primavera se aproxima no topo desta escada, pois o que nem Você, o Outro ou sequer Alguém sabe é que Eu sempre vi esta escada muito bem. Eu sempre soube que, para mim, faltavam poucos degraus.

A verdade é que, nestas últimas tentativas, Eu tenho olhado a minha volta e procurado Alguém. Não vi. Não vi nem sequer Você! Eu acabei percebendo que não era sempre que Eu encontrava Alguém ou Você. Eu sei que Alguém ainda existe. Alguém no poder sempre existe. Você, então, tem tantos que não dá nem para contar. Mas Eu não os via mais. E não os via porque Eu tinha subido a escada enquanto Você e Alguém ainda se engalfinhavam no primeiro degrau buscando privilégios e enquanto o Outro ainda brincava de subir um degrau para no fim escorregar no corrimão até a estaca zero.

Sim, todos achavam que Eu me cansava em vão, ou que criava muitos inimigos ou que Eu tornava cada tentativa minha mais difícil em combatendo os fortes (mesmo nas batalhas mais quietas). Mas o que de fato acontecia era que, vivendo fiel a essência da escada e protegendo meus ideais, eu bloqueava as ações de Você e de Alguém. Sim. Eu não os via mais! Posso morar no mesmo bairro, estudar na mesma escola, que com eles não trombo mais. E isso só pode ter uma explicação: eu subi degraus. Ao subir, bloqueia-se os anteriores. Busquei a paz, defendi animais, preservei meu ciclo de amigos para os que são verdadeiros. E sei que isto inquieta muita gente. Principalmente Você, que não está no tipo dos verdadeiros, e Alguém, que quer tirar vantagens às custas da paz e liberdade. Mas é tão bom - tão bom! - poder dizer que Eu quase não os vejo mais deste degrau. Estou tão perto de Chartres, tão alto, tão certo, tão finalizado. Foi difícil subir esta escada, mas muito reconfortante também. Ela é, no fundo, linda. No fundo, lindo é o escritor desta escada.

Fim do conto de fadas. Sim, na sua essência ("Procure a essência!", diz também o escritor da escada), este é um conto de fadas. Sem bruxas ou princesas. O mal e o bem já passaram por muitas mutações e hoje sabem se disfarçar melhor. O castelo da bruxa ou a floresta assustadora também sofreram suas mutações no espaço-tempo. Príncipes a cavalo perderam seu arquétipo visual. Hoje qualquer um pode ser herói. Apesar de que, hoje, qualquer um pode ser Você, também. É difícil, omitido-se a essência, saber qual o exato nível de esperança. Portanto, talvez, este conto de fadas esteja mais para fábula. Não é claro onde começa e onde acaba esta relação incestuosa. Porém, o que não mudou é que, mesmo em um mundo tão avesso em atitude e cada vez menos interessado, ainda se adora finais felizes, o homem vencendo seus próprios defeitos e apossando-se do que tem de mais belo e puro: sua alma.

Mas não se iluda – já disse, comigo não tem ilusão. Não pense que este conto de fadas moderno é sobre Você. Não é. Não é nem sobre Alguém, qualquer Outro ou sequer Eu mesmo. Não. A mensagem é simples: é um conto sobre o futuro. O futuro, que vai existir por muitos e muitos anos. Que vai existir para sempre! Nem sempre feliz. Certo? Alguma objeção? Ih... esta resposta, Eu sei, no fundo, é velha, velha.

PESSOAS ESTRANHAS EM LUGARES PIORES

Ela escolheu a cafeteria a dedo e esperou que ele não detestasse. O lugar é o mais calmo possível, com ar carregado em cheiro de canela e antiguidade. Foi o mais longe da exibição de modernidade que encontrou que ainda possibilitava um bom ângulo para o grande motivo do encontro. Ela tenta diverti-lo para deixa-lo à vontade. Mas ele não está à vontade. Aliás, ele se sente como o último camponês, quase extinto, arrancado por um historiador da sua doce fazenda em *Labruyère* e jogado numa inquieta Paris de fim de ano.

Na verdade, ele só é um simples e humilde senhor que nunca quis sair da vida no campo. As vezes em que veio para a cidade grande sempre foram ruins. Quando criança, até chegou a acompanhar seu pai na entrega da safra colhida, mas, ao se ver envolto de pessoas que pareciam não ter nada a fazer a não ser andar em todas as direções, tudo que ele conseguia pensar era que algo ruim o olhava. Por tempos essa sensação o sufocou, o amendrotou e o irritou até que, finalmente, o traumatizou e ele nunca mais voltou. Agora, quase 55 anos desde a última vinda, a sensação não era em nada diferente – apenas as pessoas andam mais rápido, devido a época do ano, por causa da obrigação de festejar-se.

Apesar de fechado em si, resistente às viscosidades da vida moderna, ele está contente em vê-la. Ela, apesar de ainda jovem, agora é mulher feita com três filhas, mas foi sua *protégée* quando criança.

Naquela época, os pais dela compraram inúmeros acres de terra em *Labruyère* e, dentre tantos, estava a fazenda desse senhor, já solitário e sem o pai. Gostaram dele e encarregaram-no de cuidar da aquisição. A menina passou a ficar lá durante as férias de verão. A primeira vez em que ele a viu, ela devia ter uns quatro anos. Possuía um jeito doce e pueril, a voz era calma e baixa, e um cacho dourado que sempre teimava em sair do penteado. Ele gostou dela imediatamente. Estendidos na relva ou na frente do celeiro, ele passou a lhe ensinar sobre a natureza e os animais, com um amor tão grande quanto se a menina fosse sua própria neta. Gostava de pensar que não importaria o quanto a cidade grande tentasse, todas as férias ele a traria de volta à essência da vida e da natureza, não deixando que ela se perdesse nas volúpias da correria moderna. E, salvo engano da parte dele, toda vez que ela retornava, ele tinha a certeza de que havia ganho a batalha contra a cidade. Ela, por sua vez, sempre o adorou e o via como um verdadeiro mestre dos druidas, sempre com uma palavra gentil. Era visível o orgulho que tinha em ser sua protegida. Agora, só o fato dele ter aceito sair do campo significa a maior demonstração de carinho que ele poderia conceder a alguém. E ela sabe disso.

Eles se sentam numa mesa reservada no canto da cafeteria, ao lado de uma grande janela. Ela carrega sua filha menor nos braços, um bebê de quase um ano, enquanto orienta sua filha do meio, criança de uns dez anos, pela mão. Ele até acha o lugar agradável, apesar da trupe de adolescentes na outra mesa, com câmeras nas mãos, falando mal do lugar sem fim e sem finalidade. A trupe ria alto da cor da parede, dizendo parecer cor de calcinha da terceira idade. A cor rosa antigo do papel de parede era o que aquele senhor mais havia gostado naquele lugar todo. Olha para eles com aberta desaprovação.

A garçonete se aproxima da mesa com uma bandeja tão cheia que não se entende como ela conseguiu subir as escadas. Prontamente, ele levanta-se para ajudá-la. Delito de iniciado no cavalheirismo. Com tal gentileza, a garçonete não poderia ter sido mais simpática, ele não poderia ter sido mais natural e a trupe de adolescentes não poderia ter se importado menos.

O motivo (de todo o encontro, aliás) se encontra com um breve olhar pela janela. Do outro lado da rua, havia uma *première*. Estreia de um filme, cuja estrela principal era a filha mais velha de sua protegida.

Ele se senta e olha o cenário pela janela. O estilo requintado reina forte. Paredes pretas, tapete vinho e marcas dos patrocinadores em dourado. Uma verdadeira exibição de modéstia. O palco parece fazer parte de um grande plano esperto para conquistar qualquer um. Mas aquele senhor não seria conquistado. As luzes são ligadas mesmo que o céu não esteja escuro. Juntam-se a isso os flashes dos incontáveis fotógrafos atrás da faixa, que já começam a ser lançados, e uma anfitriã de calças em couro vermelho e tem-se o que parecia ser uma visão do fim do inferno.

Quanto teria sido gasto naquilo tudo? Deus e os agiotas sabem exatamente. Ele traz o assunto à tona do jeito mais educado que consegue pensar, mas se arrepende quando entram no assunto de finanças, e acaba revelando que guardava as suas numa caixa, em cima do armário em sua fazenda. A menina, filha do meio, fica atônita e se põe a questionar. Ele é um senhor muito paciente com as crianças – sempre foram os adultos que o incomodavam –, mas esta criança, em particular, parece incitar uma nova relação. Não se sentindo solidário com a pouca idade da menina, a cada nova pergunta que ela faz, tudo que ele pensa é que preferia voltar para casa e conversar com a caixa. A menina o olha como se ele fosse nada mais que um velho senhor calvo, seguramente de outro mundo, limitado à contagem regressiva.

"Guardar numa caixa? Isso é uma piada?"

"Não é próprio de uma dama ser tão ligada ao dinheiro", disse ele.

"Não. Era essa a piada", pensa a menina.

À medida que todas as ruelas e janelas próximas se enchem de fãs, ele se sente mais angustiado e mexe desesperadamente na corrente do seu relógio de bolso, como se sua armadura imaginária não fosse suficiente. A verdade é que, desde sempre, ele foi uma pessoa pronta a acreditar no pior da modernidade. Passou por várias crises e guerras, e carregava no rosto histórias muito sofridas, porém desconhecidas por todos. Mesmo assim, sem nada falar, era quase impossível conversar com aquele senhor e não se sentir culpado a ponto de pedir desculpas por não ter estado na Grande Depressão.

A filha do meio, por sua vez, ao ver a multidão crescer, fica perigosamente agitada. É visível o quão orgulhosa ela é da semelhança que sua genética lhe proporcionou com sua irmã famosa: elas são, de fato, muito parecidas, alega a mãe. Porém, ainda assim, até com o mesmo corte de cabelo, a semelhança nunca havia sido reconhecida por ninguém, o que a frustrava muito. Tal fato, novamente comprovado, faz da menina o lamento perpétuo durante todo o evento.

A multidão uiva na Champs-Élysees de todas as formas, alertando o início. Ele olha pela janela e se põe a pensar. Aquela mistura de pessoas e cores cansou sua vista. Nem parece que algum dia esse cenário esteve cheio de mulheres francesas tristes de *Les Misérables*, com uivos dignos. Ele se sente cada vez mais excluído daquilo tudo, como uma mosca que bate no vidro sem entender como é separada do mundo exterior.

Aos poucos, chegam os atores, cada um mais disneyficado do que o outro e, logo após, a diretora, inflamável de energia, louvada e aclamada, mas parecendo não admitir não ser o mestre de suas criaturas quando vê que seus atores chamam mais atenção que ela. Chega, finalmente, a atriz principal, Emily, filha mais velha da sua protegida, acompanhada de seu namorado, um jovem rapaz que anda pelo tapete com um ar de que tudo aquilo era para ele, sem perceber a ginocracia do evento. Ao que parece, ele deveria rever a relação de mercado que existia ali. Já o marido ou namorado da diretora, por sua vez, visivelmente a par de tal fato, parecia estar notificado da penitência pelo seu atrevimento, caso resolvesse falar.

A atriz é muito bonita, mas, para ele, belo mesmo é sua mãe na cadeira da frente e o carinho com que ajuda seu bebê a tomar leite. Ele sempre foi um senhor que via mais beleza nas expressões do que nas fisionomias. O modo de fechar os olhos, orgulhosa da sua primogênita, o modo como tirava a franja do rosto da sua filha do meio (apesar da menina, envergonhada, tirar a mão da mãe como se tivesse pegando fogo) e a maneira como acalentava o bebê – isso sim deveria ser fotografado. Por aquela cena só, ele não teve dúvida de que o bebê se tornaria o anjo mais doce. Mas, lembrou que a frustada menina ao lado e a jovem atriz também eram suas filhas, e deu por caída essa hipótese.

A irmã do meio, ainda no altar das lamentações, olha a cena com inveja, como se pensasse que sua irmã mais velha nada mais é do que uma versão piorada de quem a menina se tornaria no futuro, tal qual Napoleão III é de Napoleão I. Critica a escolha de roupa da irmã, fala sobre quão simpática a diretora foi com ela, recrimina a mãe por não ter falado mais alto que a atriz principal do filme é sua filha e irmã dela. Ele não sabia o que o inquietava mais, uma multidão inteira separada apenas por um vidro da janela, ou essa pequena grande menina frustrada, sentada na cadeira ao lado.

Os primeiros instantes da atriz no tapete são de um nervosismo extremo para ele. A corrente do relógio de bolso gira freneticamente. Os fotógrafos gritam: "Emily, olha aqui!", "Para a direita, Emily!", "Para frente Emily, mais uma vez!", "Ria, Emily!". Tudo em frações de segundos envoltos por multiplicados flashes. Sem falar da infeliz dos fundos que grita consecutivamente, "Emily, por cima do ombro!", após a atriz ter feito uma pose por cima do ombro, momento cujo qual a fotógrafa perdeu e não aceitava. Angustiante. Porém, a jovem anda como se a cachoeira de flashes fosse o estado natural das coisas. É cada vez mais evidente que aquela era uma espécie que não a dele, um mundo do qual ele não faz parte.

Será que esta mãe não sente um desespero extremo em ver sua filha tão famosa? Não quer proteger sua virtude ameaçada? A própria filha não está preocupada com a maneira como seria retratada? Ou com possíveis psicopatas e seus quartos lotados de fotos suas? Ou até mesmo em ser passada para trás pela irmã do meio, já que a menina tinha visivelmente vontade de ser um novo tipo da original? Não. Nem mãe, nem filha parecem preocupadas. A atriz deveria estar com uma excelente armadura imaginária, pensa ele. Bem melhor do que a sua que, até no imaginário, parecia um farrapo. Mas Emily continua a andar em meio ao caos, encantadora. A performance era tão perfeita que quase impedia a distinção entre homem e máquina.

Uma máquina. Sim. É evidente. Dois lados da interface, o homem e seu operador. Quando parecia que a engrenagem dos flashes estava ganhando, à atriz nada mais resta a fazer do que autossacrificar-se para o prazer do povo. Quando parecia que a engrenagem da atriz estava ganhando, e o original dela era tão inacessível quanto a gruta de *Lascaux*, tudo que os fotógrafos conseguiam arrancar dela era, na verdade, somente dois segundos de imobilidade. Tal era o *leitmotiv* da máquina.

Em meio a isto, o público, por sua vez, aplaude numa verdadeira demonstração de euforia ao assistir, fascinado, o espetáculo do funcionamento da máquina. Os aplausos são o que há de mais monoteísta que aquele senhor já viu.

Ele ria pela primeira vez. Pôs-se a pensar em como seria se Deus viesse para este mundo. Conseguia imaginar o Salvador chegando, do lado de dentro da faixa – evidentemente –, na porta do Palácio de *Reichstag*. Os patrocinadores se matariam por um lugar neste sol e rivalizariam entre si sobre qual possui um tom de dourado mais forte. O cenário seria tão bonito e bem-planejado, que seria a própria antecipação do Paraíso. Os policiais também barrariam a multidão. O Paraíso está cheio. Contente-se com a lista de espera e o telão que transmitirá a ressurreição ao vivo para os espectadores, figurantes interativos e fiéis amontoados que – também evidentemente – ficaram do lado de fora. Mesmo entre os fãs com alguma aspiração de compostura, faltaria muito para aquilo ser um verdadeiro coro de aleluia.

Mais uma vez, a batalha de quem é o Deus da máquina surgiria. Só que dessa vez seria mais perigoso. Da última vez em que os homens rivalizaram com Deus, na Torre de Babel, ele cortou-lhes a compreensão na linguagem. Agora, porém, temos criptógrafos, *closed caption* e quase todo mundo conhece a "Cifra de César". Deus seria sensato se levasse em conta a tecnologia. Se bem que, pensando melhor, sensato mesmo seria acatar a realidade virtual da morte, congelar-se e esperar. Vai que tem uma mutação deste mundo no futuro. Tudo é evidência para parecer que este mundo é uma grande gargalhada sarcástica de tudo que este senhor sempre prezou, como se fosse criado por um grande fanfarrão celestial. Brilhante.

Cansado de tantos delírios e com saudades da sua fazenda, limitou-se, então, a parar de estudar a situação, o que acentuou, ainda mais, seu jeito aborrecido de aparentar-se. Sim, era um senhor teimoso, conservador, demasiado humano, mas, acima de tudo, desaparecido. Talvez o problema seja ele, que vê o nascer do sol ao contrário.

Quando os atores finalmente entram no cinema para a estreia, aos poucos, a multidão se dispersa. Sua protegida parece aborrecida que ele não gostou. Ele nem comeu muito do bolo ou bebeu do café. Mas ele nunca comeu muito; gostava era do ato da hospitalidade. Gostava era de vê-la. "Emily acabou de fazer outro filme em Sardenha", diz a mãe, orgulhosa em compartilhar o sucesso de sua filha com seu mestre de infância. Mas ele não via orgulho nenhum naquilo. A ideia de reconhecimento, para ele, nunca foi um alvoroço coletivo com alguém no centro. Mas aceitou, por vê-la feliz com a conquista da filha.

Sua protegida pergunta se ele gostaria de ficar até o final, quando poderia apresentar-lhe à Emily. A menina intromete-se e defende, petulantemente, a grande oportunidade de conhecer uma atriz famosa, conseguindo manter a irmã fora destas falas, como se tudo aquilo fossem falas adiantadas do seu próprio futuro. Ele sorriu e disse que adoraria vê-la. Isso era uma grande verdade. Todas as suas filhas eram muito boas e mereciam todo o sucesso que quisessem. Isso eram 2/3 de verdade.

Sim, provavelmente tudo aquilo seria diferente visto do lado de dentro da faixa. Ele não tinha a certeza de que, caso a conhecesse, nada mais visse do que apenas uma jovem. Uma jovem tranquila. Uma atriz que não gosta de aparecer, mas de desaparecer em personagens. E, assim, não teria mais receio dela nem disso tudo. Porém, parou e pensou. O julgamento do mundo é impiedoso nesses assuntos. Talvez a atriz fosse mesquinha, caprichosa e rude, tratando a mãe com barbárie. Não gostaria de ver sua protegida assim. Na dúvida, saiu como se fosse a maior *persona non grata*.

Foi embora certo do elo carinhoso que sentia por sua protegida. Sente saudade da época em que ele lhe ensinava sobre a natureza perto do riacho, admirando seus cachos dourados. Mas o cabelo dela deixou de ser venerável há tempos, e o motivo pelo o qual tudo desandou foi um mistério. Talvez tenha finalmente perdido uma batalha para a cidade. Sempre a história da mosca no vidro.

Foi valente o quanto conseguiu, mas, não adianta, ele gosta mesmo da sua fazenda onde os bichos são a plateia mais sincera e as árvores sussurram como coisa viva que são. Tinha uma vida muito confortável e não era um homem de muitas vontades. A ideia de voltar e poder mergulhar no nada do seu anonimato agradou-o mais do que nunca. O isolamento insano nunca conseguiu lhe assustar. Alguns preferem viver e morrer longe do "socialmente".

Fim da história deste senhor, onde ele felizmente volta e deita-se na sua campina de perder a vista, os olhos voltados para as estrelas, quase adormecendo com o delicioso cheiro do campo e com a certeza de que não o deixaria mais. Sua decisão agora também era uma reação. O mundo continuou sem ele, mas ele não levou isso para o lado pessoal. Talvez toda geração pense que é a verdadeira salvadora do mundo, enquanto a próxima só pode trazer o fim de tudo.

Então, assim, resolveu assumir-se herói, e, em meio a tanta felicidade de estar de volta à sua natureza, um momento triste brota, pois seria ali que este senhor faria seu trabalho heroico de luto do fim do mundo.

CONFISSÕES CONTURBADAS

O ÚLTIMO DIA PARA ELA

Era quase meia-noite do início de janeiro, cinco anos atrás. Eu fazia um bolo enquanto esquecia. Mas, a essa altura do casamento, já tinha desistido de esquecer de primeira. Detestava quando meu marido tirava o leite da geladeira e não devolvia. O leite ficava fora o dia todo, quente, até eu chegar à noite. Eu só gosto de leite gelado e ele sabe disso. Ele simplesmente se servia e esquecia o mundo à volta, como se nada mais importasse. O homem que eu amava e admirava era uma fraude.

Correndo o risco de parecer redundante e certa, telefonei para meu marido, que não atendeu. Voltei para o bolo. Fazer o quê com leite quente? Pelo menos essa frustração sumiu. A verdade é que aí o nosso amor já tinha, há muito tempo, acabado. E o leite quente só piorava.

Quando nos conhecemos, jamais me ocorreu questionar minha empolgação quando ele dizia que trabalharia noite adentro. Estava desesperada para conquistar o reconhecimento e afeição daquele homem. Admirava o sucesso que tinha alcançado e a maneira como conseguia fazer seu sistema nervoso parar, apenas por dispensar alguns preciosos minutos falando com você. Havia uma ressonância enigmática e um jeito de herói. Eu precisava de um herói naquela época, quando minha moral idônea e minha bondade infantil acoplavam-se à minha ingenuidade. Seria tão melhor se tivesse sido criada na sarjeta! Veria o oportunismo dele, de primeira.

Demorou, mas entrei para sua lista: a esposa bonita em meio às reportagens na TV, os carros importados, as festas chiques e viagens de príncipes, tudo, claro, com tempo e energia de sobra para ter uma boa performance perante toda esta encenação. Ah, sim, há também mais um item nesta lista: as amantes bonitas. Clichê, né? Mas os clichês nunca falham.

No começo, virei quase um vingador, disposto a rodar a cidade atrás de um inimigo. Culpei-me por escolher uma pós-graduação e não uma academia. Pensei se na vida passada não fui Ana Bolena. Tão torto e tão errado foi tudo isso.

Quando limpava a cozinha, já estava num impasse, em vigésima votação, sobre dar ou não dar outra chance, e eis que ele chega. Grandioso, como a cena pede. Um metro e oitenta de altura, garboso, um quê de galã. Os anos sempre chegam mais gloriosos para os homens. Estranhou o bolo, eu nunca cozinhava. Perguntou-me qual era a ocasião. Mal acabou a frase – que tinha aquele tom de esposa relapsa que nunca cozinha –, comecei a gritar em plenos pulmões e para todas as casas do quarteirão.

Queria que confessasse. E olha que fazer seu marido confessar uma traição é uma arte. Arte moderna, mas arte. Era isso: uma confissão em alto e bom tom. Simplesmente. Nem pedi todas as outras coisas que me eram de direito: os motivos, a quantidade, com quem e quem sabia.

Ele sentou em sua cadeira majestosa do escritório e defendeu-se sobretudo com um silêncio, hora intercalado com um riso do tipo "garota (ele sempre tinha meus anos mais jovens na ponta da manga), não brigue comigo", como se associar seu amor com uma traição fosse de uma irrelevância absurda.

"O que você quer que eu faça: grite, berre?", questionou ele. Eu só queria mais do que estava vendo. Só me restou, então, ler subtextos em seu silêncio: seus olhos evasivos, fingindo recolher as migalhas do prato do bolo, davam o testemunho de uma história horrível. Sabia que estava no coração dele também. Os anos mais velhos permitiram-no ter mais experiência nisso do que eu, mas compreendi seu jogo. Ele quis deixar a dúvida: culpado ou inocente? Uma grande covardia inteligente.

"Querida (veja bem, este "querida" era falso, tá?), querida, tem algo que eu possa fazer por você?" O que diabos eu deveria responder a isso? Minha resposta foi uma enorme lista, durante a qual ele limitava-se a olhar para o fundo da sua taça de vinho. Eu nem havia percebido quando ele se serviu. Claro que a taça foi para a parede. No primeiro silêncio, desabafei tudo; neste, resolvi jogar coisas. Foi tudo que estava ao alcance da mão. Ele permanecia com sua expressão glacial perante nosso mundo caído, como se existisse um policial invisível ao seu lado, falando que ele tinha o direito de ficar calado e tudo que dissesse seria usado contra ele. Será que terminava com todas assim ou variava de acordo com a freguesa? De onde eu tirei que eu teria sucesso com tal vendedor?

Depois que acabaram os artefatos quebráveis, ele continuava sentado pomposamente, de tal maneira que duvido que pediu permissão a Zeus para agir como o tal. Finalmente, levantou-se e quase caiu na dobra do tapete. Quis rir. Imaginei que era Zeus empurrando-o perante a ousadia que teve. "Está questionando o que eu digo?", perguntou ele. Enchi a boca e, com orgulho, falei: "Sim, e também sua índole". Ele ficou surpreso. O silêncio vindo de seu promontório provou que seus argumentos eram tão mal elaborados quanto suas intenções. A coisa não está fácil nem na egosfera.

E foi assim noite adentro. Um ficou dominando o outro à sua maneira. Porém, somente quando isolada em meu quarto, percebi que a reconciliação estava junto com Godot e não viria nunca. A verdade é que querer terminar não muda nada; terminar é que muda tudo. Nossa relação terminou com o nascer do sol quando liguei para o advogado. Ao final, um Mazel Tov irônico, a última coisa que disse a ele, assim, só para acabar com uma provocação.

Nas semanas seguintes, almejei por um mundo onde fosse socialmente aceito sair na rua enrolada num cobertor. Só assim para sair da cama. Aborreci-me muito. O ódio que senti me deixou confusa, a dúvida me traumatizou e a tristeza quase me dominou, mas, por fim, consegui me recompor segurando-me no único artifício possível: a vingança. Foi neste momento que resolvi vencê-lo em seu próprio jogo. Porém, de outra maneira.

Hoje, cinco anos depois, fui num coquetel do ramo. Nele, as pessoas mais de sacanagem que o universo já criou. Tive a oportunidade de vê-lo em uma performance final de lobo-cordeiro. A verdade é que ele caiu muito desde que terminamos. Na carreira e na vida. Percebi que agora ele era desprezado, quando e se mencionado. Sua notoriedade de lobo em pele de cordeiro, pelo visto, fortaleceu a deterioração de sua imagem.

Ele estava com sua nova mulher. Sem surpresa. Ela, com aspecto de gueixa obediente, um sorriso tímido e belos peitos, tenta mostrar um ar de primeira-dama. Eu, desta vez sem o tom de ex-esposa sofrida e sem ter me perdido na gula, cheguei mais perto. Tantas coisas eu pensava em dizer quando finalmente o visse de novo. Será que confessaria depois de tanto tempo, como um ato tardio de respeito ou uma possível evolução de alma? Ou como agradecimento por eu não ter levado nada disso publicamente e ter saído quieta? Ou talvez confessaria ter aprendido sobre o amor com a nova mulher? Porém, ao ficarmos frente a frente, percebi que, nestes cinco anos que se passaram, parecia que ele havia cometido suicídio em parcelas. "Boa noite", disse a voz que surgia da máscara. Apenas apertei-lhe a mão e saí. Sem olhar para trás. Segura. E para sempre.

Então, por fim, escrevo esta carta para mim mesma, como prova de autoestima, para mostrar que, em meio a tantas mentiras nasceu uma grande verdade: eu não precisava da confissão. Percebi que não fui eu a jovem que foi seduzida por ele, e sim ele por mim, por este quê de verdade, de honestidade, de leveza que eu tenho.

Hoje eu o imagino voltando para casa, tirando esta máscara que o faz ser duas pessoas, que disfarça tão bem seu lobo nato, mas, ao cair o pano, ele se vê como não sendo nenhum dos dois, como não sendo nada. Nem um homem, nem um profissional, só um aproveitador. Que triunfo terrível.

Tenho a certeza que a nossa relação de seis anos para ele nada mais foi do que seis anos. Enquanto eu vejo essa relação toda como uma cicatriz de guerra: proeminente e orgulhosa, que me ensinou a sobreviver nesse mundo. A vingança que eu tanto busquei resultou num belo final: eu, o Hamlet sem a indecisão. Ele, a Lady Macbeth sem a sinceridade. Não tive a confissão, nem tenho ele como marido. Mas agora tinha mais. Tinha a vingança. Tinha a verdade. E leite gelado.

O ÚLTIMO DIA PARA ELE

Eu sou um homem à minha maneira. Não fico lembrando como foi. Da nossa história, já em si bastante insossa, muito já esqueci. Mas, ao vê-la hoje no coquetel, pus-me a pensar.

Lembro-me que, na noite final, ela havia feito um bolo. Não era de cozinhar. Aliás, detestava. Achei um gesto bonito. Numa noite qualquer, uma coisa desnecessária como aquela até que era bonito. Perguntei qual era o motivo. Aparentemente o motivo era ser um quitute para o término. Algo para se comer impulsivamente em meio aos berros e aos choros. Ou simplesmente algo para jogar na minha cara que até no último dia do relacionamento ela havia feito algo por mim.

Ela me dizia, com um sentimento tão trágico quanto uma grande heroína martirizada, que queria a confissão das minhas traições. Não tinha por quê, era exaustivo e o dia estava acabando. Tantos motivos para a inutilidade daquilo. Mas ainda assim lá estava aquela mulher doce, xingando sem nenhum constrangimento, entregando-se àquela inquisição de corpo e alma; e eu querendo me livrar dela para jantar. Não fiz esforço para esconder isso e fui considerado um cara ainda menos confiável. Não sei como as inúmeras crises anteriores se resolveram. Eu faço mágica, suponho.

Tudo que ela queria era ouvir essa confissão, como se fosse o último helicóptero de Saigon. Confissão. A palavra em si é ridícula; a ideia, inútil. Desde quando confissão e verdade são a mesma coisa? Sempre achei injusto uma confissão ser tida como prova, em tribunais. Tem tantos tipos diferentes de mentira, por que não há de ter tantos tipos diferentes de verdade?

Escolhi a postura de ficar quieto. Nem se eu quisesse, teria dito algo. Tudo que era verdade, quando dito para as mulheres com que estive, parecia transparentemente falso. Quanto mais eu me esforçava para ser sincero, mais tudo piorava. Acabei dando-me por vencido. Então, entre assumir ser um sacana infiel ou deixar tudo na eterna dúvida, tentei ao menos cooperar com minha imagem pública e não dizer nada. Alguma verdade há nisso, não há? "Eu só estava trabalhando nos projetos", disse. Elabore isso! Não, não. Só mentiras têm detalhes. Limitei-me a falar com tamanha solidez, que soou como uma frase do Velho Testamento.

Foram três horas mais ou menos ininterruptas de um monólogo nada amistoso, onde ela, com empolgação, me informava de todas as minhas falhas de caráter. Uma formulação precoce (e não necessariamente errada) atrás da outra, para em seguida me torturar com cada suspiro envolto de lágrimas. Volta e meia eu me pegava olhando para o pulso, mas havia deixado o relógio para arrumar.

"Querida, tem algo que posso fazer por você?" Um silêncio seria maravilhoso. Mas não. Ela reviveu cada fantasma do relacionamento. Caçou todas as bruxas. Moldou a história como um punhal que é minuciosamente afiado. Fez tudo que pôde para não aceitar o fato de que coisas ruins acontecem. "Com o dedo de alguém, claro", respondia ela. Ironia não lhe servia bem, sugeri voltarmos para a apatia e o gelo.

Ela queria me magoar de todos os jeitos, inclusive com o sentimento de superioridade que ainda não tinha. Nunca vi uma mulher com uma opinião mais equivocada sobre tudo. Quanta sensibilidade à flor da pele. Por que diabos mulheres têm tanta necessidade de serem sensíveis?

Continuava sentado de frente para ela, como um monumento, uma estátua. Não respondia. Deixei tudo eternamente no ar, tal qual dita Miranda Warning. Será ele culpado ou inocente? Mantive minha postura com firmeza enquanto olhava para minha taça de vinho. O vinho parecia mais negro que de costume. De repente, a taça se espatifou na parede. Meu coração acelerou. Não que a cena de uma taça espatifada por uma mulher magoada fosse inédita para mim. Não, ela não foi a primeira. Muito menos original, enquanto continuava a destruir todos os copos, taças e xícaras da casa.

Porém, até que ponto esse excesso de silêncio produziu resultados mais nefastos do que se tivesse admitido? Se tivesse dito a verdade, pensei, não sei se nada daquilo teria acontecido. Creio que acabaria tudo igual, mas seria ela quem daria as cartas. Eu apenas seria a figura sensacional e nobre (para não dizer burra e vulnerável) com a verdade da traição. Ela não estava errada. Mas estar certo não vale de nada se você não puder defender sua opinião.

Por fim, persisti em minha maldade e foi isso. Fui mais cruel do que precisava ser, como resultado imposto por aquela afronta não tão injusta: Mazel Tov. Ela foi dormir soluçando no quarto e eu dormi calmamente no sofá, em meio à prataria amassada e os vidros quebrados como um campo de guerra, que, aliás, fiz questão de não recolher. Ela que cuide disso, se não se suicidasse ou me matasse durante a noite. Ou se não tacasse fogo na casa e tudo terminasse em cinzas. Manhã seguinte, advogados contratados, amigos repartidos. E foi tudo.

Depois de cerca de cinco anos de sumiço, encontramo-nos hoje em um coquetel. O acaso forjado não me convenceu em nada. Ela apareceu com um jeito autoconfiante, com cabelos esvoaçantes. Aparentemente, esses anos foram muitíssimo bem aproveitados. Eu a li de ponta a ponta e ela nem me olhou, nem de longe e nem do alto. Nada além da indiferença. Já aguardava o momento em que daria um sorriso superior, mas o fato dela não o fazer não me surpreendeu também. No fundo, sempre soube que ela iria longe. Se não visse potencial, não a teria escolhido. Mas não esperava que ela subisse tão cedo e nem que fosse tão magnânima. E (aqui não vai nenhuma ironia) admito que parece que ela vem ganhando o mundo do jeito antigo: merecendo.

Agora escrevo esta carta, recluso em minha casa, sem destino algum para este pedaço de papel, além do fato dele servir brevemente como base para estas palavras. Não para convencer ninguém do meu espírito certo e incorruptível. A questão talvez seja se eu mesmo quero acreditar nisso. Para mim, precisa existir algum prazer na vida e o meu é este. As pessoas têm tantos vícios. Sair por aí disfarçado é somente um deles. Agir como outro, se passar por alguém que você não é, fingir. É uma arte. E as pessoas sempre acreditam no que veem. E, com isso, se domina muito.

Ela queria uma confissão, mais nada. Nem queria saber se eu desejei ou se aconteceu. Desta confissão, porém, farei só uma parte (ressalto novamente: confissão não é verdade). Pois bem, ei-la: eu tentei traí-la, mas não consegui muito bem. Isso faz de mim um homem melhor ou pior? Tentei e não tento mais. Com ela. Hoje, porém, não posso deixar de pensar que, se tivesse ficado ao seu lado, ela me impediria de me ferrar. Mimada do jeito que era, faria-me ficar ao seu lado, ensinaria-me a ser feliz. Mas claro que nunca falaria isso a ela, não por consideração ou culpa, mas porque meu resto de preservação ainda depende do proveito e favores futuros disfarçados de gratidão. Não posso estar à mercê de sofrer vergonhas ou punições.

Por fim, uma última confissão: também não tenho desejo nenhum de ser perdoado. Ela me amou. Amou este ser áspero, severo. Acho que essa confissão, por si só, afirma que a culpa é 50% para cada. E assim, abruptamente, declaro encerrada esta conversa.

TO SELFIE OR NOT TO SELFIE

SEGUNDA-FEIRA, 6h07

Acordou querendo mudar o mundo. Original. Necessário.

Apenas uma manhã de um dia qualquer e cá estava ele, deitado, com uma epifania. Não se deixou enganar pelos primeiros raios de sol: eram dias sombrios.

Lembrou que, quando criança, tinha grande prazer em pensar sobre o infinito. O céu sempre foi o único limite. Sonhava noites intermináveis em estar com você, Holden, no campo de centeio. Sonho adiado. Parava para afagar todos os cachorros que encontrava na rua e sonhava em leva-los para casa. Sonho perdido. Hoje, tudo isso não passava de um elixir mágico.

Foi assim toda a vida: o menino que queria ser astronauta, músico, pintor ou inventor, mas foi condicionado para querer ser chefe. O adolescente que pensou em estudar filosofia, mas teve que priorizar a eficiência capitalista. O adulto que já foi freudiano e jungiano, religioso e ateísta, de direita e de esquerda, a favor e contra. Mas, hoje, preferia não discutir mais nada. E assim, atualmente, nada mais era do que um homem que não tinha nada a ver com o mundo.

Então por que isto agora? O que esta manhã tinha de diferente? Nada. *Eis a questão.* A janela de seu quarto continuava a mostrar o mesmo mundo de fora, visto pelo mesmo homem de dentro. Será que tantos anos omissos finalmente se mostraram como uma perturbação latente? Alguém ouve o que ele ouve? Alguém sente o que ele sente?

Analisando, chegou à conclusão de que o comodismo é a peste do século XXI. Arriscar-se para alargar horizontes? Meu caro, mais vale ser parvo do que morto. Pergunte a qualquer um. Colombo foi um louco descompensado de atravessar aquele oceano procurando alguma coisa. Em todo lugar do mundo há medo, desconfiança, desilusão. Dinheiro sujo, consciência suja, discursos que secretam. Espécies se tornam extintas mais agilmente do que qualquer corrupto, que se declara socialista, é sentenciado. Deus morreu, mas tem um oráculo oportunista em cada esquina. A direita ganha, a esquerda renasce das cinzas e tudo recomeça do zero nesta tela total. As pessoas não sabem mais de si. Ninguém admira mais o progresso dos outros, ninguém quer ajudar, ninguém quer melhorar. Esperam ansiosamente (porém dentro de uma pacífica acomodação) por um mundo melhor. Rotulam o sistema como mau, mas não como inimigo. E, no fim do jogo, preferem adiar toda a partida. Adorabilíssimo este mundo novo.

Todas as ações acontecem pelo medo, não pela busca de plenitude. Alguém se aproximou no trabalho? Ou é para imitar ou é para boicotar. Desafio é achar outro verbo que venha à mente primeiro. Morra quando quiser, mas, por favor, só não no meio da maratona usando o uniforme do patrocinador; não pega bem. Não divulgue novas oportunidades, não abra os vidros do carro e use todo tipo de sorte que tiver disponível para brincar de sobreviver. Atenção, o manual da sobrevivência alega: não peça paz, peça armas; não reze para ter esperança, reze para ter forças. Amargo é o posto de fim do mundo.

O "um por todos e todos por um" é quase uma utopia, um unicórnio ou uma imagem fóssil de um passado longínquo. Agora o "salve-se quem puder" reina como uma constante música de fundo, alta e em bom tom. Síndrome de toda alma moderna. Tem tanta coisa desandando que nem sabemos o nome que dar. "Capitalistas: senhores por mérito, escravos por necessidade." Não. Qual é o oposto de milagre? Este seria um bom nome.

Pensou nas inúmeras revoluções perseguidas, exílio de gênios, queima de livros e tortura dos que se sacrificaram por um mundo melhor, para tudo acabar assim. Oh, amigos, desculpem-no: ele, cômodo, sobreviveu – e vocês já foram. Há uma culpa invisível e presente: são estes fantasmas na janela e suas sombras sangrentas no chão.

Mas agora ele não conseguia mais imaginar onde encaixar tais coisas num amanhã bem escrito. Os erros terão que ser acertados. É tempo de urgência, é tempo de insurgência.

6h25

Então estava decidido: iria mudar o mundo. Simplesmente. Finalmente.

Seria o idealista, o rebelde, o aventureiro, o altruísta e o incansável. Tomaria o controle de si mesmo. Pararia de apertar o botão da soneca toda vez que o despertador mostrasse que está na hora de agir. Agradeceu por ter sido uma criança solitária que só tinha os livros como amigos. Estes sim formavam um excelente pelotão de enfrentamento. Eureca!

Uma imensa animação e plenitude o atingiram. Um belo começo: uma ideia se tornou um jeito. Decidiu começar escrevendo a verdade. A verdade! Há! Aquelas corriqueiras verdades sobre as quais pouco se sabe e menos se faz. Afinal, não foram os próprios humanos que criaram esta realidade? Criaram, consentiram e até planejaram. Ui.

Estudaria, então, todas as revoluções, o mecanismo do sistema e reprogramação neurolinguística. Sugerir, então, uma revolução além do capitalismo e além dos aspectos destrutivos da modernidade. Seria um texto revolucionário. Ele, mesmo que hoje ninguém saiba o que se passava naquele quarto ou em sua mente, mudaria o mundo.

Pensou em escrever com um pseudônimo para não ser encontrado, mas achou meio covarde logo em seguida. Seria covardia ou orgulho em querer os louros caso desse certo? Ficou confuso.

Pensou melhor e resolveu começar pela ocupação das ruas, afinal não é só isso que chama atenção? Talvez tivesse que começar sua revolução fora de casa. Mas... nas ruas? Publicamente? E, se fosse pego, torturado, exilado? Talvez seja melhor começar uma revolução discreta enquanto finge-se um caráter miserável, aceitando os preconceitos e costumes dominantes, disfarçando qualquer coisa que denote que esta independência de espírito possa ser interpretada como uma provocação. Difícil a mecânica da revolução moderna, hein?

Sua cabeça doía. Anos estudando e sonhando, aparentemente sem utilidade, agora vinham à tona como um maremoto. Parou e pensou.

6h43

Um medo tomou conta. Será?

O primeiro que levanta a cabeça na multidão é sempre aquele que toma a primeira pedrada, não é? Que coragem.

Repensou. Não conseguia achar outro final para sua empreitada: seria – como tantos outros foram – perseguido, exilado, torturado ou veria sua morte antecipada selada de segredo. Não. Temeu pela própria vida. Estava exagerando, talvez? Afinal, não dá para ser tão altruísta nem tão elevado. São seres humanos que habitam a Terra, não mestres ascencionados.

Será que este idealista aventureiro que ele criou não é nada mais do que um egocêntrico, insatisfeito e maníaco? Há de se convir, querer ser o despertador da atual letargia é meio louco. Sem falar suicida. Quis ter seus livros por perto...

Não. Ele não podia fazer tudo. Deixaria algo para Deus. Não que ele tivesse medo da morte, mas não tinha pressa em morrer também. Afinal, por mais que ele quisesse lançar novas leis, não seria julgado pelas que já existem? Tem como alguém transcender e continuar sendo membro do sistema?

Já estamos tão acostumados com o osso, por que ele quer pegar a carne agora? Ser o portador das notícias ruins? A verdade – e que atormenta a todos, até as mentes mais dotadas – é que morrer por um ideal é fácil; difícil é viver por um ideal.

Então, brinquemos de *poltergeist*. Coloquemo-nos na posição de fantoche. Aceitemos esta geração perdida de pessoas falsas. Cresçamos mortos. Sim. São as injustiças da vida. Não foi isso que te ensinaram? A máscara está perfeitamente de acordo com o que se deseja ocultar.

E, assim, tudo continuaria igual. Sobreviveria, como até agora sobreviveu, junto com a humanidade nesta casca de noz.

07h14

Não! Não poderia arranjar uma desculpa. Outra desculpa. Outra vez. Até a noite mais sombria tem que descansar e o sol há de nascer.

Cá estava ele: barganhando por minutos de vida desperdiçados, lutando para ser feliz, mais um pouco que seja. Queria parar de só assistir, só reclamar, só curtir o Greenpeace no Facebook, só chegar no supermercado e chorar de felicidade que o preço abaixou. Manipuladores de todos os tipos reinam imponentemente nesta sociedade vitimal, onde um nada mais faz do que suportar o outro, mas nós somos os verdadeiros guardiões deste mundo. Não é possível que estejamos condicionados ao comodismo.

É melhor tentar, ainda que em vão. Ou combatendo o sistema ou criando um novo. Irá, sim, mudar o mundo. Irá enfrentar o medo, levantar e agir mesmo que isto signifique desfazer vínculos, vender bens e se despedir.

7h30

O despertador tocou e o tirou da epifania. Lembrou que era só um cara em seu quarto, num dia qualquer. E agora?

Será que tudo isso não passava de uma indisposição ou seria este o sublime e lento começo das ações? Maldita hora da noite, quando nossos sonhos vêm. Não tinha decidido como fazer. Também não tinha perdido o medo de fazer. Parou. Ficou. É, não. Talvez, não cabia a ele, um reles homem, julgar. É necessário liquidar o silêncio do mundo? Não sabia mais.

Suspirou e sacudiu a cabeça. Finalmente, levantou-se. Afinal, já eram 7h30 e tinha que ir para o trabalho que não gostava, mas que pagava as contas. E, como bem disse Oxford, a palavra do ano é "*selfie*" e não "*sharie*".

07h31 (E TODAS AS HORAS ADIANTE)

Talvez o fim da humanidade seja diferente do que muitos esperam. Talvez a humanidade acabe assim, com um suspiro e não com um estrondo.

Infelizmente, mas simplesmente.

DIÁLOGO ENTRE UMA PRÉ-ALMA E UMA PÓS-ALMA

O fim verdadeiro é por si só algo bastante controverso. Por mais que seja comum, para mim, foi muito difícil questionar seu sentido ou finalidade, ou até mesmo seu absolutismo ou relativismo, quando vi que a morte passou a ser também um negócio. Sim, um negócio. Era esta a palavra mais saliente que pensava ao avistar a promoção de coroas de flores: duas pelo preço de uma, como uma rivalidade eficaz à funerária vizinha. A promoção em néon puxava seu olhar logo em primeira instância, desde o outro lado da rua, e isto significa demasiadas coisas, apesar de que quase ninguém via significado nenhum. Mas, não sei. Talvez, no fundo, não é de se espantar. O que não é negócio hoje em dia?

Ao entrar naquele recinto cor azul gélido, a lua reinava alto, o que deixava tudo com ar mais melancólico.

Confrontei-me com vários caixões, ordenados segundo seu valor. Não havia como não sentir uma culpa irrefreável por não comprar o mais caro deles quando o vendedor os chamava de camas eternas. “Não, não preciso da mais cara. Não... realmente não. E esta que não é tão cara? Vocês parcelam?” Triste o dia em que este mundo efêmero e enganador dos vivos ainda consegue dar sua risada final nos valores da morte ilusória.

O comprador era eu, apenas um jovem de 24 anos que, apesar da pouca idade, fui o eleito para todas as tarefas fúnebres, por ser a figura masculina mais velha da família, agora que meu primo havia morrido.

A verdade é que nunca fomos amigos. Sequer parentes próximos. Mas, na falta de amizade, cuidado no pós-morte até que serve. E, sem dúvida, eu preferia esta tarefa a ficar na casa da minha tia, que virava um ponto de peregrinação para todos os familiares e amigos, sentindo um constrangimento invisível por não estar triste pela morte de alguém que eu mal conhecia. Então, não reclamei. Gostei de me encarregar do memorial, mesmo não concordando com um ritual (ou qualquer tipo de reunião com comes e bebes) onde não há vida. Para mim, a vida é tudo.

Fiquei quieto no meio das camas do pós-vida enquanto ele terminava o recibo. Fiquei quieto enquanto o arrumavam para, então, certificar-me que estava tudo certo com as vestimentas. Fiquei quieto enquanto dirigia atrás do carro funerário rumo ao velório. Fiquei quieto enquanto esperava os parentes irem ao meu encontro no salão com o nome dele. Fiquei quieto.

Eu e meu primo morto fomos os únicos naquele salão por um bom tempo. Por falta de opção, sentei e fiquei a olhar os túmulos. Quieto. Na verdade, não achei que fosse falar mais sobre isso. Sobre ele. Nunca. Tudo terminaria ali. Mas, se há algum momento oportuno para devaneios involuntários e desapercebidos, este o era.

Os túmulos pareciam ser uma comunidade organizada e feliz. Fiquei a pensar que tipo de lei deveria reinar lá. Engraçado como o que sempre me pareceu ser uma imagem do fim das possibilidades, parecia agora ser o começo de várias.

Meio sem pensar, virei-me para o caixão e chamei pelo nome do meu primo. Não sabia bem o motivo. "Pedro, quero falar com você." Pausa. Ninguém respondeu. Mas, também, por que responderiam? O reino dos túmulos parecia ser tão mais amistoso... Insisti: "Pedro, só quero ver se você está bem". Não me importei com minha pouca honestidade, afinal, ninguém me interrogaria ali. E, se por um acaso, alguém aparecesse e visse a cena, no máximo me chamariam de tolo, enlouquecido ou dolorido. Mas não. Não era nenhum desses. Estava só sendo subitamente curioso.

Eu nunca acreditei nesta esperança das religiões que a vida é indestrutível. Que existe algo após a morte. Que há vida eterna para os que souberem viver corretamente. Sempre gostei de acreditar no que via. No corpo, por exemplo. Há algo mais seguro que o corpo? Mesmo assim, de alguma forma, sem muita explicação, quebrei meu silêncio. Sei lá. Um morto e um cemitério trazem consigo certo respeito retraído. E, ademais, aquele podia ser um excelente momento para uma visão da pós-vida. E não estão todos os grandes questionamentos sempre bem guardados, esperando um momento como aquele? Talvez seja este o nível de descrença das pessoas desta época. A necessidade de saber a verdade deixou de ser um hábito ou objetivo; agora é uma aventura, um extremo ativismo, uma loucura ou um quase terrorismo.

Mas nada aconteceu. Era de se esperar. Viu? Tem um motivo pelo qual as pessoas se apegam as velhas crenças. E fiquei a pensar se não deveria ter deixado um bilhete na funerária (grifado em amarelo para competir com o marketing restante) para os futuros parentes dos donos dos leitos: “Não tente conversa, ninguém responde”.

Voltei a olhar os túmulos e fiquei esperando mais um sol nascer. Normal. Eu, que todos diziam ser um jovem capitalista e superficial não tive a chance de ir mais profundo. Mas tal fato satisfez o meu mais íntimo apetite de, no fundo, não querer conversa. Até que ouvi o meu nome.

Não temi em virar para dentro. O que há de tão perigoso, afinal? Mas não vi ninguém chegando. Entrei na sala do velório e sim, agora sim, vi meu primo, em pé do lado do caixão. Desconfiei. Claro. Quem é enganado demais tem quase o dever de desconfiar. Forcei os olhos, muito provavelmente sem desejar. Sim, ele com certeza não estava deitado no caixão. Alguém ainda acredita em certezas imediatas? Não. Quer dizer, sim. Espera... é ele mesmo. De pé! Que diabos ele estava fazendo de pé? Deita aí, porra! Paguei caro. Tá, não foi o mais caro. Tá, foi um pouco por culpa e por pressão. Droga, devia ter pego o mais caro. Maldito vendedor do conforto eterno, ele devia saber que vocês não deixam passar nada!

Uma vez dentro da armadilha criada por mim mesmo em não aceitar nenhum princípio sem exame, olhei para ele. “Pedro?”, perguntei eu, com tamanho tom de surpresa na minha voz que senti vergonha. “Não foi você que me chamou?”, disse ele. Bacana. Agora, além de um negócio, aquilo tudo era também um divertimento. Flores em promoção e um primo que nem sabe a faculdade que você faz, tirando sarro. Grande!

O Pedro não parecia ter feito esforço algum para tornar suportável o seu aspecto do pós-vida. Não era bem um fantasma, uma alma ou um espírito. Não se encaixava em nenhum destes rótulos. Não vestia branco e não estava sereno. Estava normal, com a aparência cansada e desarrumada que sempre teve. Mas tinha um olhar que escondia um saber fatal e certeiro que, obriga-me a dizer, com evidente incômodo, fazia com que parecesse livre. Talvez seja a risada do outro mundo em direção a este. Enquanto nós, trouxas, achamos que estamos rindo alto precificando o fim.

Já eu, parecia perdido. Mas não era a falta de convicção que se encontra em qualquer pessoa que teve uma crença desvalorizada, mas era porque eu ainda estava me martirizando pela mesquinhez recém-firmada. Apesar de que sim, confesso, que aquela presença, aquele intrujão, que nem sequer anunciou-se, sabia que estava quebrando todas as certezas que jamais tive na vida.

Numa época como esta, poder falar com alguém assim é de um efeito mágico; mas nem ao mais avisado dentre nós dois pensou em se despedir amistosamente ou entender melhor o outro mundo. Ambos optamos por uma atitude negativa enaltecendo o pessimismo do nosso caráter. Eu escolhi defender minha tese pré-adotada e ele escolheu se sentir dono de si o suficiente para me julgar, vendo o meu mundo como um lugar sádico e masoquista, mas sem saber qual destes dois tipos eu era.

O que aconteceu, a saber, é que Pedro se matou. Morreu em uma total renúncia a si mesmo, depois de uma exausta luta contra o oportunismo e a falsidade do mundo. Virou todas as suas forças contra esta moralidade, estudou-a e enfrentou-a para, no fim, tudo cair no vazio. Não achou um sentido, nem uma mudança provável para este mundo; e, então, tirou a vida como um soberano legítimo, acreditando ser este o único ato de livre arbítrio possível.

Não sei bem, porém, até que ponto ele desempenhou o papel do salvador de si mesmo ou do seu próprio demônio máximo. Para mim isto nunca foi uma resposta. A covardia quando o faz dormir nada mais é do que somente uma repetição da pergunta.

O que acontece comigo, a saber, é que eu nunca renunciei nada. Muito menos eu mesmo. Nunca reprimi uma vontade pensando no pós-vida ou em receber alguma represália no final de tudo. Este sentimento de abnegação e procura por um sentido pela vida nunca foi meu forte. *Mai pen lai* é tão mais prático. Porém, apesar de nunca acreditar em nada, de certa forma sempre admirei os que acreditavam. Os que buscam um mundo melhor. Existe isso? Cadê este mundo mágico que eu nunca consegui ver? Sim, sou ateísta, agnóstico, aético e acima de tudo, acrítico. Então, acredito que qualquer valor que alguém escolha para si tem que favorecer e conservar a vida. Conservá-la é o mais importante. Adore um deus, a pedra, a gravidade, o nada, mas escolha algo que permita viver de acordo com a vida tal qual ela é. Não que ela seja grande coisa, ou que este mundo seja grande coisa. O mundo é assim mesmo. E o que reina nele é o absurdo mesmo. Tudo é mesmo.

E agora, vendo ele ali, eu, que sempre tive jogo de cintura, não sabia o que falar direito. Nunca entendi como morrer por uma fé, por mais valente que isto possa parecer. Entretanto, ainda assim, creio que saberia discutir o assunto muito bem. Eu sou daqueles que tem no tom de voz uma certeza e liderança nata.

"Você foi muito corajoso (a palavra que eu queria falar era 'covarde') em não temer a morte", comentei. "Você é que é muito corajoso (a palavra que ele queria falar era 'covarde') em ter tamanha vontade pela vida", respondeu. E foi assim que o diálogo começou. Ele, vaidoso de seu valor, mostrando uma considerável fé em si mesmo, enquanto eu permanecia afirmando minha responsabilidade de nada.

"Não! O digno mesmo é caminhar para a perda", disse eu.

"Viver como você, então? Já está na perda, vivendo mais um dia a menos, sendo venerado como aprendiz de santo, ao aprender orgulhosamente a manipular o mundo e a falsificá-lo pelos números", respondeu ele.

"Caramba! Me mostra outro jeito de ter poder na sociedade dos seres desta espécie! "

A longa discussão ateve-se a ele tentando atribuir ao seu altruísmo em vida e egoísmo em morte um valor maior, enquanto eu tentava atribuir o mesmo ao meu egoísmo. Quando finalmente me vi cansado deste homem que agora nada tem a tocar, mostrando-me que nem mesmo no fim não estamos livres da obrigação, do constrangimento e da pressão, disse: "E mesmo assim, aí está você, morto!". Senti-me orgulhoso do argumento. É sempre mais fácil fazer um discurso anti-suicídio do que um discurso pró-evolução.

"As pessoas só veem mesmo os efeitos", disse ele.

Ah, era só o que me faltava! Filosofando, ainda por cima. "As pessoas não veem as intenções, meu querido morto!", afirmei, exaltando o princípio de esforço mínimo e asneira máxima comum dos dias de hoje. Conhece a expressão "de boas intenções o inferno está cheio"? Ela existe. Pro bem ou pro mal. As intenções não são tão importantes. Vá para qualquer lugar e a maioria vai analisar o bem ou o mal da sua ação pelo seu êxito ou insucesso. Ninguém considera o valor de uma ação pela sua origem. O que importa é que você se matou. Foi embora. E é tudo.

Mas não foi tudo. A conversa ficou ainda mais agressiva. Ambos firmes em nossos conceitos, como se qualquer outra interpretação do mundo fosse bloqueada. "Você e seu mau gosto de querer estar de acordo com muitos", ele insistia em retrucar. Não tem jeito, dificilmente eu entenderei o juízo dele ou ele o meu. "Vamos viver tal qual o mundo é e isso já é uma tarefa beirando o absurdo." Agora eu estava sendo corajoso. Corajoso por dizer algo que sei ser mentira. Uma mentira e uma vergonha.

Antes que o mundo dos pós-vida se renda e o dos pré-vida possa gritar com orgulho as palavras "Te falei", ele ficou a provar que ambos já havíamos morrido. Pra quê? Pois é. Por quê? Ninguém se importa. Eu, de forma covarde e não livre; ele, de forma voluntária. A falta de longevidade da vida, de querer evoluir, de ajudar os outros, basta para que se pregue o abandono da mesma. Esses sim são os verdadeiros pregadores da morte. Eu era o pregador da morte. Não ele. Eu.

Se apoiou nisto e pelo restante da conversa usou-o como ataque. Eu retrucava, como se a minha cegueira fosse voluntária, afirmando os juízos mais falsos: não há como ver além do oportunismo como sobrevivência nos dias de hoje. Insisti. Insisti e insisti. A cada novo argumento bem formulado, o meu contra-argumento (falso e intuitivamente esquivo) era o seu suicídio. "Não aceito crítica de quem se matou e agora me ensina a viver." Vai! Contra-argumenta isso!

"Não, chega! É muita sujeira embaixo de um pequeno tapete. Vai logo! Me enterra!"

Espera. O quê? É assim que quer acabar? Ficando bravinho? "Pedro! " Mas ele foi embora. Do mesmo jeito que veio. Do nada. Sem avisar. Sem avisar!

E agora? No fim, não sei o que tem no pós-vida. Não perguntei se algum deus ali vive ou jamais viveu. Me arrependi. Hoje, tomar o poder sobre o outro é tão comum; é quase uma formalidade. Não o fazer é quase uma falta de educação. Ele não sabia disso? Mas no pós-vida eles não são mais evoluídos? Ele agora não está observando os humanos de longe? Qualquer um que observe os humanos de longe não tem como considerá-los seres dignos do privilégio concedido. Talvez entenda o meu erro. Talvez entenda o meu hábito. Ele tem o dever de entender o meu hábito!

Fiquei com vergonha de chamá-lo de novo. Não que eu estivesse preocupado com minha finitude ou com tudo isto ser trazido à tona no famigerado dia (que agora não duvido mais que existe) do Juízo Final. Não. A efemeridade desta epifania tornaria tal preocupação inútil. Sei lá. Talvez seja cedo demais. Eu não era forte o suficiente, duro o suficiente, artista o suficiente. E dureza é exatamente o que se precisa para entender coisas assim.

De tudo, ficou só uma sensação de tristeza. Não por perder uma oportunidade de saber tudo do pós-vida, ou por perder a chance de pedir algum tipo de iluminação ou proteção, mas por perceber que eu não era uma companhia muito agradável nem entre os vivos nem entre os mortos.

No fundo, eu sabia que algo não parecia real em meio a tudo isso, mas não sabendo exatamente o quê, não pensei em procurar o X ou o Y. Eu sabia que não havia entendido aquela conversa. Não entendi a mensagem. Mas não importa. Parece que o meio engoliu a mensagem de qualquer forma. E também, eu tentando entender o sentido da vida? No fim, vai ver, é mesmo indiferente que a minha pessoa foi a eleita para viver esta oportunidade. Afinal o que tenho eu de especial? Pessoas como eu são tão comuns e calculáveis.

Deixemos, então, a história à sua própria sorte. Às favas com a obrigação de estar certo. O perigo está na alma e na rua. Foi só um diálogo entre dois seres que no fundo são tão parecidos. Sim, mesmo que não pareça. A diferença é que ele provocou a morte enquanto eu (supostamente) a esperava. Ele preferiu ser um fim último do que um meio ao lado de outros meios passivos como eu (supostamente) o era. Eu, (supostamente) preso às regras da sociedade; ele, preso ao seu despreendimento. Eu, (supostamente) alienado à vida; ele, questionando a mão que mata. Eu, (definitivamente) achando que ele foi para trás; ele, achando que foi além. O passivo e o ativo. A pré-alma e a pós-alma. O "foi assim" e o "assim eu quis".

Meu devaneio só foi embora quando os parentes começaram a chegar, depois de um bom tempo. Ninguém ouviu nosso diálogo. Quanto melhor. Tudo aquilo que conversamos pode soar como loucura, ou até mesmo um crime, quando chega aos ouvidos daqueles para os quais não foram feitos ou predestinados. Ou até mesmo para aqueles que, novamente, estão acostumados a só ver os efeitos e não as intenções.

Poxa, falei com o pós-vida! E, considerando tudo o que foi dito, não dissemos sequer o bastante. E agora, o que restou desta oportunidade? Que efeito se tira disso tudo? Nós e a nossa necessidade do efeito. O efeito desta história, já digo, verificado, foi zero. É zero. Mas a intenção deste diálogo entre uma pré-alma e uma pós-alma, era, na verdade, ser um excelente prelúdio para entender além do bem e do mal. Sim. Mas não que isso importe.

A GUERRA
À MINHA PORTA

Às vezes, nas mais belas noites, vejo-me calmamente acordada de madrugada, naquela hora que o céu está na sua cor mais negra e que a cidade toda supostamente deveria repousar.

Ignoro o passar dos carros e as inúmeras pessoas que ainda estão nos bares da esquina, imersas em seus problemas ou a rirem das besteiras que um certo nível de álcool já lhes causou... ignoro-os e limito-me a mais. Limito-me a sentir o vento com cheiro de chuva que encosta em meu rosto nesse momento. Oh, que péssimo uso do verbo limitar. Limitação... Muito pelo contrário, isso esbanja um sentimento tão maior. Tão mais leve. O parapeito da janela me convida a debruçar sobre ele. Irrecusável, como um bom ombro amigo.

Lembro-me quantas vezes já não me debrucei nesse ombro amigo. Numa época muito mais simples. Na época em que minha insônia era sonhar com nosso futuro. Eu fitava o céu e divagava com as inúmeras possibilidades do nosso amor. Era delicioso e me ninava melhor que qualquer boa noite de sono. Mas as noites mais belas eram as que, no meio dessa divagação, o celular tocava. Era a sua insônia, instintivamente querendo acompanhar a minha. Sim, essas eram as mais belas noites. Esperar aquele som tão gostoso vindo desafiar a distância das nossas cidades e me deixando ouvir a sua voz até o amanhecer...

Porém, hoje faz quatro meses desde o acidente. E eu, por fim, dona dos meus sentimentos e escrava da minha saudade, resolvi escrever-lhe esta carta. Não sei bem por quê. Talvez para quando acordar, você possa ler e sentir orgulho de toda a força que eu tive.

As pessoas me perguntam como estou. Digo que estou bem com tanta veemência que pareço uma grande atriz perdida no anonimato. Mas é uma mentira. Talvez a maior que já contei. Aprendi, sem orgulho nenhum, a parecer bem, parecer que estou superando isso, já que todos me estimulam tanto a assim fazer. Mas é uma grande tolice.Não se supera isso; apenas aprende-se a viver com isso. E talvez nem isso eu esteja aprendendo bem... Afinal, se escrevo esta carta para quando você acordar do coma, deveria estar te mostrando que estou forte. Deveria trazer meu amor a cada linha e agraciá-lo com o tom de cada uma. Nada deveria lembrá-lo que estou triste e sozinha.

Agora, entretanto, recostada neste parapeito, tudo que penso é que queria que você fosse esta brisa, vindo levar meus medos embora. Eu deveria estar acostumada com sua ausência depois de tantos meses de namoro à distância. Mas não. Agora é uma distância diferente. Você no hospital da minha cidade, mais perto do que nunca e mais longe do que jamais esteve... É a ironia mais triste que existe...

Eu vejo o hospital daqui e talvez isto faça de mim uma grande mártir por ainda gostar de me debruçar neste parapeito. Porém, a verdade é que esse é o único lugar em que ainda sinto algum acalento, que ainda consegue me ninar e me dar colo. Fico lembrando das noites em que o celular tocando era o ápice da minha alegria. Vista nenhuma do hospital tira o acalento que tal som me trazia.

A única coisa que tira esse acalento é que agora tenho medo desse som. Agora ele é envolto de escuridão. Tenho medo de ouvi-lo e ser alguém, uma voz estranha qualquer que nunca ouvi antes nem nunca vou esquecer, trazendo-me a notícia que você foi embora. Saiu do coma, mas não veio para mim.

A bem da verdade é que é isso que me mata. Quando o som que outrora me fazia tão bem agora pode ser a guerra à minha porta. Nem sei o que é pior. O que eu sei ou o que não sei. Esse pensamento irá me matar um dia. Ou ele ou a sua ausência. Não sei. Tem muita coisa querendo me matar ultimamente. A saudade, inclusive.

DORMINDO COM A ESPADA

E, então, não valia a pena chorar, a nostalgia também já havia sido eliminada.

Sem ilusão sobre o fim da sua história, ela aceitou a realidade como se combinasse com seus hábitos mais antigos, apesar de saber que esta aceitação não era uma decisão. Decisão mesmo, se é que a vida lhe deu alguma, foi a de manter tudo como era antes, sem guardar nada, sem mexer em nada.

No quarto deles, tombado como patrimônio histórico, ela olhava todas as coisas do falecido marido. Nem a cama desarrumada foi capaz de tocar. Ficava deitada por horas e horas em um devaneio constante. Nem o despertador, horrível e velho, que agora tinha um tic-tac que mais parecia uma bomba, foi jogado fora.

Na primeira noite sozinha, tudo que ela fez foi se deitar na cama e conversar com os retratos dele na parede: "O que acontece comigo que só consigo passar minhas horas assim?", indagava-se.

Vai ver é coisa de órfão, pensou, finalmente cansada do eco sem som do quarto. Ela foi órfã. E sabe o que toda órfã faz quando desiste de esperar que sua família a busque? Sonha com a família que vai criar. E então, no começo da sua juventude, ela, assim, meio sem escolha, também deu de sonhar com isso.

Quando mais velha, porém, depois de muitos anos sem namoro, teve a certeza de sua falta de escolha para com seu destino solitário e miserável, mas percebeu que a palavra final não era esta e finalmente deu como ponto de partida de sua vida quando o conheceu. Foi no primeiro emprego que ela conseguiu; mentindo no currículo para conseguir tal façanha, depois de inúmeras tentativas em vão. Ela era bonita, mas insegura e constantemente medrosa quanto a descobrirem seu verdadeiro currículo. Ele era agradável e prestativo.

Ele parecia gostar da companhia dela e não se importou quando descobriu seu falso currículo. Ela sentia-se nas nuvens, segura ao seu lado – mesmo tal fato sendo mais pela carência dela do que pela habilidade de protetor dele – e, assim, ela fez dele sua nova razão de viver. Mas não se deixe enganar: apesar de todo seu passado solitário, ela nunca achou que sua vida era pouca. E, em sendo ele sua nova razão de viver, passou a guardá-lo como um abutre faminto. *Stalkeou* no Facebook, rastreou seus e-mails, obsessou sua vida. Como perdê-lo? Morria de tanto o desejar. Foram inumeráveis, infinitas tensões sobre onde ele estaria nas primeiras noites. As tensões cresciam tanto até que, no ápice das brigas, ela fingia que estava tudo bem – no fundo, ela só queria que ele ficasse. Que ficasse para sempre.

Ele, às vezes, brincava que a tinha salvo. Que lhe ensinaria a vida. Que com ele, sua carreira seria certa. Que viveria muito melhor e muito mais facilmente ao seu lado. Ela acreditou. De fato, parecia.

Sem saber ao certo quando deu de reparar, ela passou a notar alguns traços deste homem a quem confiou sua felicidade tão prontamente. Para dar como exemplo um traço simples, ela detestava quando ele a chamava abreviando seu nome: Sô. Ela dizia que o motivo do desgosto era que Sô parecia "só", mas ele achou boba a comparação e continuou mesmo assim. Já por outro lado, para dar como exemplo um traço mais complicado, ela queria ter filhos, apesar de nunca achar que seria afetuosa ou sequer uma boa mãe, mas acreditava ferreamente que ser mãe lhe agradaria. Ele negou. Teimou tanto que ela desistiu. Não importava. "Faz o que você quiser com a minha vida. Só fique nela." Era quase implícito quando tais assuntos vinham à tona.

Ele mantinha-se no seu costume: dizia que tudo em relação a eles era importante, mas nada era urgente. Dizia que com este anel ele materializara o amor, mas passou a festa de casamento inteira com os sócios. Dizia que poderiam ter a casa que quisessem, mas um quadro do Romero Britto foi sua primeira e única investida no campo da decoração. Dizia que procurava ganhar mais dinheiro para eles, mas nenhum centavo chegava às mãos dela. Com o tempo, ele prometia diminuir, mas não diminuía; prometia melhorar, mas não melhorava; prometia estar junto, mas não estava; prometia ficar – e ficava.

Até que, para chegar num momento mais recente da história, tem-se o seguinte: chegou um estagiário na empresa em que ambos trabalhavam. Promissor. O marido, vendo uma ideia genial que o garoto teve, apossou-se dela em segredo. Convenceu o garoto que nem ele nem sua ideia eram bons. Ela sentiu pena. Jovem, honesto, começando carreira e já ouvindo algo assim. Isso pode muito bem distorcer a cabeça de alguém. O garoto foi dispensado e, logo após, a ideia do jovem foi concretizada pelo seu marido, que não sentiu culpa alguma no roubo. Isso a perturbou demais: sem culpa alguma! É fato: só os que são bons partilham da culpa; logo, era claro, seu marido podia não ser bom.

Fez-se muito dinheiro com a ideia. O garoto, vendo sua ideia concretizada, ficou enaltecido, processou o marido; este, que mal piscava diante de tudo, convenceu o jovem de que acabaria com sua carreira se quisesse justiça – isso tudo sem falar que já tinha na manga uma boa leva de testemunhas pagas a preço de ouro. Salvo acidente intencional, ou falha do marido, ele nunca seria desmentido e o garoto nunca ganharia justiça alguma.

Ela se sentia muito mal com a situação. Ficou com vergonha do marido. Sentir vergonha do marido não é nada agradável. Tudo que ela queria quando pequena era ter um pai que a deixasse começar a trabalhar em sua empresa. Ela bem sabe como é trabalhar sem ajuda nenhuma. E ficava noites a fio no orfanato, sonhando em ser apadrinhada pelo pai... Ele ensinando-a tudo, com grande orgulho dela. Não havia como não associar tais situações: o garoto era filho de alguém que não o ajudou. Podia ser o filho deles! Seu marido roubou a ideia do quase-filho deles!

O marido ganhou a causa. Evidentemente. Mas também, na mesma noite, o marido sofreu um acidente de carro. A palavra é "sofreu". Sofreu muito antes de morrer.

Ela? Não chorou. Uma lágrima sequer. Até hoje duvida que alguém da empresa, até mesmo um joão-ninguém qualquer, tenha chorado. A verdade é que o jovem não foi o primeiro a quem o marido passou para trás.

E não. Ela não estava mal por não ter se despedido dele antes da morte acontecer. Ela já se despedia um pouco a cada dia. É falso dizer que o cara por quem ela se apaixonou mudou. Ele sempre foi assim. E ela também. Ela, no fundo, só queria alguém... Permaneceu parada. Ainda não tinha vontade alguma de arrumar a cama, esconder fotos dele ou sair de casa. Fazia tanto tempo que se sentia confusa entre o que achava certo e o que o marido fazia. Entre o amor que sentia pelo marido e o ódio que sentia pelo marido. E agora ela não queria fazer nada, só ficar onde o marido ficou? Será? Será que ela queria morrer parada? Morrer porque ele, que já fazia tempo que lhe desagradava, morreu?

Ficou atônita com a ideia. Tinha lá sua lógica. Seria ela uma mártir? Que tipo de mártir é esse? Não é possível. Não podia ser ela uma mártir! Tinha que haver outra explicação. Mas a palavra mártir ecoava loucamente em sua cabeça. O que está fazendo no quarto tombado, então, mártir? Por que sacrificou sua felicidade nesse casamento, então, mártir? Que crença é essa que te faz sofrer não achando digno o que o teu marido fez, mártir?

Mártir... seria possível? Será que é por isso que ela não consegue se desfazer das coisas e do quarto?

Sim, talvez fosse uma mártir. E a verdade mesmo, é que tudo que um mártir quer é uma espada para cair morto. Pode ser. Pode ser... mas só porque a espada dela dormia do seu lado todo dia. Uma espada sorrateira, que a martirizava todo dia, toda vez que ela sabia que ele não estava sendo bom. Uma verdadeira decomposição anunciada. E ela consentiu. Consentiu em estar do lado de alguém que sabe prejudicar outros. Achava que não conseguiria melhor? Alguém honesto ao seu lado? Alguém amoroso ao seu lado? Ela não merecia isso?

Está tudo tão claro agora. O que fazer? Como morrer, então, se sua espada já se foi? Não queria mais pensar. Quis esquecer tudo isso. Estava cansada deste mundo. Queria renascer. "Por favor, me deixem renascer!" Renascer... Renascer implica crise, implica dor. Ela sabe disso. Ela sempre soube disso. Sim, todos querem renascer, mas ninguém quer morrer para renascer. Morrer para renascer...

Sim! É isso! Fez-se a resposta do silêncio: é isso! É por isso que se sentia tão confortável no quarto intocado. Sim, este cenário, que em qualquer outro contexto seria visto como terrível, apegado, sofrido, choroso, é, na verdade, uma verdadeira limpeza de alma. Limpeza de alma! Não era uma mera lavagem rápida para ser recolocada de volta na circulação da vida, não. Era limpeza de alma! Todos tem que morrer para renascer? Esta é a sua morte. Com a dele. Ficar ali: em meio ao cenário desta trincheira, pacificamente fazendo um inventário de quantos amores e memórias se foram nesta guerra, viva! Sim, ela sobreviveu. E este é o cenário que afirma sua sobrevivência! Deixe-o assim mais um tempo, sim?

"Venha, fantasma, me responda. Você morreu, minha espada?" E ela ria sem culpa. Ela, mártir, sobreviveu sozinha mais que aquele ex-veterano do seu marido que se dizia tão habitué deste mundo. Ela sobreviveu. Morre-se uma espada. Morre-se uma mártir. E renasce uma mulher, certa de que merece mais.

UM LUGAR MORALMENTE IMORAL

Heber sempre foi um rapaz de cortinas fechadas.

Era do tipo que preferia sentar nos bancos vazios do metrô, e ali ficar se perguntando da vida de algum outro solitário no vagão. A melhor companhia para a sua solidão sempre foi a divagação sobre a solidão alheia. Era livre de vícios sociais; não tinha Messenger, Facebook ou nada semelhante, especialmente após ler que tais programas poderiam espioná-lo sem sua permissão. Não que ele fosse um jovem de grandes segredos – muito menos segredos úteis para qualquer conspiração ou governo –, mas achava aprazível saber que se tinha um direito à privacidade, um mundo intocável, livre de espelhos ou patamares, reinado e julgado meramente por ele.

O apartamento em que morava ficava em um humilde prédio no centro. Porém, a proximidade com o prédio vizinho era tanta a ponto de ser quase falta de educação não cumprimentar a moça do mesmo andar quando ambos estavam em suas respectivas cozinhas. Apesar disso, nunca se entediou da sua vida a ponto de querer cuidar da vida das outros.

Ele se atinha ao máximo ao seu mundo particular, e rezava para conhecer uma companheira no supermercado ou no trabalho. Daquele jeito antigo. Nada o intrigava mais do que ver sua irmã, Sofia, uma quase cópia da sua imagem e um quase oposto da sua semelhança, em um programa de *reality show*.

Heber se perguntava o que se passava na mente de Sofia. Divagava por horas e horas na frente da sua TV à espera da primeira transmissão do programa. Sua irmã, que mal era convidada – e muito menos querida – para um almoço em sua casa, agora entraria imponentemente em sua sala e na de quem mais quisesse. 24 horas por dia, caso ele aceitasse pagar 99 reais por mês. Enfim, difícil continuar acreditando que só arriscamos aquilo que tem valor aos nossos olhos. O que ela queria? Se exibir? Ter fama? Ter dinheiro? Irritá-lo? Caminhos fáceis? Caminhos difíceis?

Um programa onde a base está na privação do ir e vir, na abolição do espaço privado, na falta de bom senso para algumas provas e, claro, repleto de pessoas como Sofia que aceitam se colocar em tais situações. Só uma coisa vinha em sua mente: de todos os mundos, este só pode ser o mais estranho. Aquele que alimenta, e que nos condena a mundos ainda piores. Um programa de TV onde pessoas reais são filmadas e transmitidas 24 horas por dia. Quando o ator se confunde com o espectador, deve ser realmente o fim de tudo.

"Ou melhor, a exaltação de tudo", refletiu.

A única vantagem em morar tão próximo a outro prédio era ver a queda das máscaras de cada vizinho no fim do dia. Tantas máscaras belas que escondiam rostos cansados, verdades frágeis ou tidas como incomuns. Conseguiria ela manter a máscara? Ou, pior, mostraria seu verdadeiro eu e, então, o deixaria à mercê desta exposição? Ele próprio já estava preocupado com a sua — por tabela — recém-adquirida vulnerabilidade.

Isso é um "show real"? Qual é a exata realidade dele? O fato de que cerca de quinhentas mil pessoas "de verdade" candidataram-se ao programa? Este fator fascina alguém? O fato de que sua irmã exista fora daquele confinamento, no total anonimato, quebra, aparentemente, o suposto ilusionismo? Quer dizer que agora se tem um desejo *non sense* de assistir e brincar com "gente de verdade" nesse mundo? Nessa existência meio imaginária criada a partir do mundo?

Em meio a tantas perguntas, Sofia entrou sem oferecer qualquer resposta. Entrou como a maior de todas as intrujonas em sua casa, enquanto a Heber só restou fechar ainda mais as cortinas. Trancar novamente as portas. Pelos céus, não o notem! Não o importunem! Não questionem sua realidade!

Ficou no escuro, com uma culpa enorme em ver sua irmã, por todos os ângulos possíveis, de biquíni na piscina.

Não podia acreditar nessa farsa integral, nesse espelho maldito que não pergunta mais se queremos saber se somos "o mais belo de todos os reinos". Simplesmente já nos mostra que não somos. Ou, no máximo, nos engana nos fazendo acreditar que somos menos idiotas do que os protagonistas que existem no reino.

Jura, Sofia? Agora vai falar que está "jogando o jogo"? Cadê o editor que deixou isso passar? O nome disso não é *reality show*? Eles não deveriam fingir que não têm consciência do seu papel no programa? Vai se entregar assim para o público, em uma bandeja dourada? Vai falar que não só sabe que é um jogo como sabe que nada pode fazer além de interpretá-lo?

Quando que o real deixou de ser o centro das atenções? Ninguém mais faz esse tipo de divagação, né? Corrigiu-se em termos mais plausíveis e modernos: quando o real deixou de dar audiência e ser lucrativo? O que mais falta ser transformado em um espetáculo? O mundo todo está em um *reality* dependente desse feudalismo tecnológico.

Triste o mundo onde o grande George Orwell previu corretamente o futuro. Um cotidiano europeu nada amistoso onde um único partido totalitarista, no comando de um "Grande Irmão", implantava um regime de vigilância 24 horas por dia e de 360 graus de toda a sua população, possibilitando, assim, uma inversão do sentido das palavras, uma abolição da esfera privada e, por fim, possibilitando uma política secreta onipotente capaz de oprimir pela raiz qualquer um que se opusesse a ele.

Sim, a profecia pode não ter se concretizado de tal forma, mas George Orwell nem imaginaria que, para obter parte desse resultado, não seria necessária uma ditadura com armas dignas do melhor da KGB, nem tampouco de máquinas de tortura para explorar seus usuários impiedosamente, mas sim uma população aparentemente democrática com desejos de voluntária servidão e voyeurismo, e câmeras televisivas como recursos tecnológicos.

E assim, no decorrer dos dias e das divagações, enquanto seu gene copiado continuava a jogar o jogo, Heber se irritava exponencialmente. Não dava mais para ser um jovem de cortinas fechadas. Ele precisava abrir e tomar um ar de minuto em minuto. Sua tortura só acabou quando Sofia, vítima de alguma artimanha ocasional, ou traição estratégica, ou pré-arranjo da produção, foi eliminada ao se envolver com um rapaz que supostamente já estava "namorando".

Heber parou para analisar isso. Já não bastava esse formato surreal e essa base que desafia qualquer Estado democrático, agora tudo se elevou ao nível de verdadeiro prólogo do apocalipse. Heber gritou em sua janela para todo o quarteirão. Como podia haver algo tão moralmente imoral? O público ainda tende a eliminar os candidatos baseado em valores éticos? Mulheres que traem seus namorados, homens que exasperam agressividade? Não há como negar que não existe muita ética ou moralidade no julgamento social dos telespectadores. Questionar a ironia, sim; negar, não. Jura que vocês estão procurando alguma moralidade em algo tão imoral quanto um *reality show*? Isso porque ele nem mencionou a comum corrupção, as distorções de informações, a condição de sobrevivência baseada em exercer seu poder sobre os demais e o objetivo final em levar vantagens sobre a vida de todos... Assim só para não ficar rouco e dificultar o seu dia seguinte no trabalho.

Neste dia em que Sofia saiu, Heber demorou a dormir. Tinha pesadelos em que morava num prédio de vidro. Criou artifícios em sua mente que o levariam a uma futura síndrome de perseguição. Sentia seu anonimato flagelado. Seu particular, publicado. Seus segredos, expostos. Será que o reconheceriam? Tem que fazer alguma coisa. Tem que achar um culpado.

Um culpado para essa exposição toda. Sim. Quem seria?

A indústria? Mesmo o caráter jornalístico já estando em risco há muito tempo?

Os editores, que tornaram tudo tão interessante e conflitante? Mesmo o jornalismo já fazendo isso profissionalmente e sem nenhuma restrição ética?

A modernidade? Mesmo que essa dissimulação já exista desde o tempo do Coliseu e seus espetáculos de vida ou morte em suas arenas?

Sofia? Mesmo que sujeitos como ela, que aprovam e sujeitam-se a estarem nesse mercado exibicionista, coexistam com a freguesia que considera tal formato satisfatório?

O capitalismo? Mesmo que este tenha começado com a justificativa inicial de ser uma "busca pelo bem-estar"?

O público? Que, onipotente e onisciente, observa todas as ações dos participantes e julga o destino dos mesmos, com a falsa impressão de que deixaram de ser passivos à manipulação da mídia e passaram a ser figurantes legítimos?

Os criadores? Mesmo que esse novo elemento audiovisual não seja o primeiro nem o único símbolo da perda de qualidade do conteúdo televisivo na sociedade?

Uau, eles devem ter um grande talento para distrair mesmo, pois Heber não sabia mais o que pensar e quem culpar. Sua cabeça doía a ponto de só restar a ele dormir. Mas não é porque ele vai dormir que a história acabou, viu, mundo? "Embora quase não se fale mais das virtudes, isso não significa que não precisemos mais delas", declarou Heber, à sua janela. Isso só significa que ele não sabia quem culpar por sua exacerbada invasão de privacidade. Culpou todos que conseguiu até finalmente dormir um sono sofrido.

Mas não chegou a perceber que, talvez, na verdade, a verdadeira resposta resida em fazer como Édipo: investigações para descobrir o inimigo que talvez seja ele mesmo.

PÓLVORA

Meu querido, eu não queria entrar neste assunto. Eu não queria lhe dizer nada. Minha prudência meticulosa me levou a sempre esperar mais do que devia. Contar tudo agora seria de uma impropriedade estonteante. Mas, mesmo assim, cá estou eu, obcecada em contar este filme que aparentemente só eu vejo. Eu choro, eu rio e ninguém mais.

Todo o necessário para esta contextualização, caro leitor, resume-se em uma oportunidade. Tinha-se a possibilidade real de sermos um casal. Um bom casal. Um bom amor. Daqueles que alteram toda a vida.

O cenário parecia de filme: um deque espaçoso, penhascos íngremes, mar afora... Talvez o mar até pudesse ter aquele azul celestial majestoso de verão, caso houvesse um pouco mais de sol. Os penhascos até poderiam abrigar sociedades inteiras de vida primaveril, caso a flora tivesse alguns anos de solidão. Uma brisa confortável também conseguiria juntar todas as folhas e fragrâncias, dignas do mais belo outono, se houvesse menos cimento. E, para finalizar, havia ainda a calmaria e quietude aprazível de qualquer bom inverno. Este sim, onipresente, grandioso como a cena pede, rei de muitos reinados e dono maior das estações.

Sabia que tudo poderia ser lindo, colorido, abrigo de muitas vidas, mas a verdade é que aquilo tudo nunca ia para além da visão. Parava sempre nos meus olhos. Não ia para o auditivo, para o paladar, nem para o sentido. Não ia para o passado, nem continuava no futuro. Não ia, não era. Fixou-se no "quase"; lá armou barraca e estava criado uma eterna zona de conforto desconfortável.

Você, já com seus quase trinta anos de ficção, sua ideologia agarrada às unhas, seu lento desejo de restaurar a ordem e a impossibilidade de visão alternativa, fez com que tudo parasse num clichê. Naquele velho clichê do "quase". Existe conduta mais abundantemente exportável?

São em momentos assim que, cada vez mais, acredito que o vírus mais eficaz da atualidade é a museificação antecipada. Essas coisas perdidas desde o começo do mundo que, antes de ser, já foram. Saem da fábrica direto para museus.

Este "não tentar", "não arriscar", "parar antecipando a possível dor" está a um pequeno passo de virar hino. Adeptos lotariam estádios aos montes. É fato: a motivação de batalhar para ser feliz está virando cada dia mais atração de museu. Atrás de uma bela faixa vermelha com avisos de "sem flashes", disputando popularidade em números comparáveis aos da Mona Lisa.

A verdade é que eu só apareci porque você deve ter pedido algo diferente em algum momento da sua vida.

E, quando cheguei, não gostei de te ver de capacete e rifles na mão. Então, abri uma porta para fora deste quartel e, assim, desconstruí sua armadura mal-disfarçada de invisível. E você deixou. Você gostou. Você não precisava dela comigo.

Mas acontece que até fora do quartel você fazia de tudo para não cair. Me convidava a ir; mas, quando se via, só eu é que de fato ia. Me dizia belas coisas em casa para depois colocar fotos em um puro ode à solteirice no Facebook. Dizia que fui o melhor do seu ano, mas sumia como se eu fosse a pior de todas as coisas. E, por fim, nessa simulação, tudo se desfez.

Diante desta contemporaneidade de excesso de interesse e funcionalidade, você se perguntava "Me é útil?", enquanto eu me perguntava "Me interessa?". Há uma grande diferença, apesar de quase ninguém ver. Eu pretendia ser original e até viver pela minha singularidade nada exportável (o que é uma bela morte) ao mesmo tempo em que você via qualquer amor como algo secundário e parcialmente conveniente (o que é uma triste morte).

Claro que, caro leitor, obviamente, até agora não fui em total modesta. Nesta conversa, tem faltado a suspeita de que em mim pudesse existir algo de problemático. Existe. Sempre existe. Dei no primeiro dia, me declarei no primeiro susto. Eu sou muito intensa. Ele até me disse que eu queria muito. Eu quis lembrar que ele também parecia estar sentindo isso, mas insultos não são dos meus afrodisíacos preferidos e deixei quieto... Mas peço desculpas por não controlar o choro. Mesmo assim, penso, se é para ter algum excesso que inspira, que seja assim: do bem e avassaladora. Eu sempre fui muito. Irei revisar esta minha ansiedade, obrigada.

E confesso: continuarei tentando achar alguma justiça nesse jogo do amor, acreditando que vence o melhor, o que se dedica mais, o que acorda cedo.

Eu não sei se foi medo ou autopreservação. Ou, de repente, desinteresse, covardia e até mentira. Prefiro optar pelos dois primeiros. Prefiro optar por ter acreditado em alguém que merecia e que estava sendo sincero quando disse que fui a melhor coisa que aconteceu num ano tão ruim. Então, perante isso, me pergunto: o que acontece com você? O que é preciso? O que é preciso para eu te mostrar que poderia ter sido ótimo? O que é preciso para você apostar no amor? Saber que vai morrer amanhã? Saber que vai viver para sempre?

Não entendo isso de ter que implorar para as pessoas acreditarem. Implorar para irem atrás do amor. Implorar para serem felizes. Implorar para viverem seus sonhos! Esta falta de pólvora, eu nunca entenderei.

Acho que a verdade mesmo é que você nunca quis desligar o alarme. Não houve passagem, transmutação, mas dissolução e indisposição.

Então, querido, me desculpe, mas prefiro os amores que se autorizam sozinhos, sem museificação, sem alarmes. Mas vá tranquilo, estamos bem. De verdade. Apesar de que, sinto te dizer (e talvez este seja o que mais sinto em dizer), nosso filme acaba com a seguinte frase:

“Parabéns.

Você quase teve tudo o que sempre quis comigo.

Ainda bem que você teve medo.”

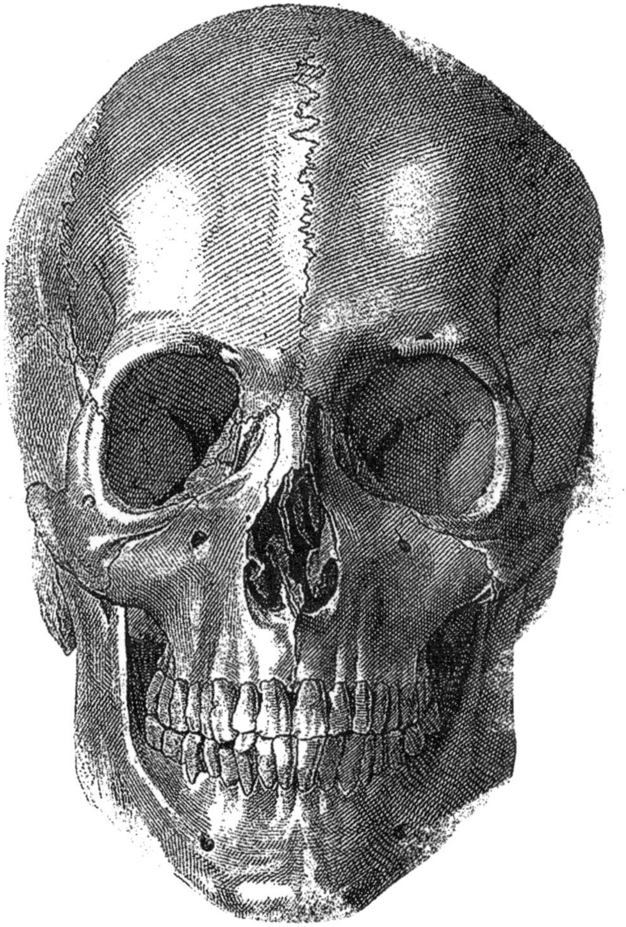

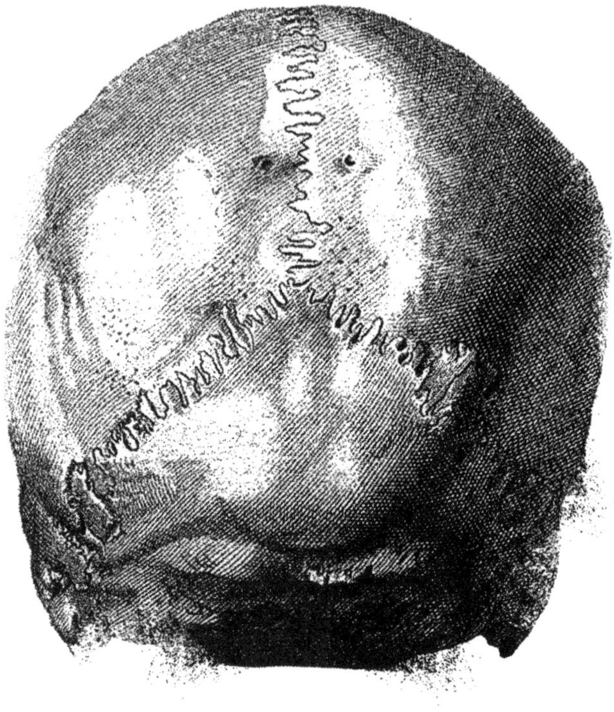

AUTOBIOGRAFIA

Sempre me impressionei com currículos. Todo currículo é grandioso, rico e preciso. Preciso, porém vago.

Preciso, pois realmente mostra a foto com o bagre de cem quilos que uma vez foi pescado. Aquela foto que tão orgulhosamente se apresenta em qualquer parede. Realmente é digno de ser enaltecido. Porém, é vago, pois omite todas as outras fotos da vida de um pescador: todas as trutas, as pequenas sardinhas e, claro, omite as inúmeras vezes em que o pescador voltou do rio de mãos abanando.

Qualquer currículo enaltece o bagre, mostra somente a vitória. Mas nunca a batalha. Afinal, não é para isso que existem currículos. É para isso que existem autobiografias.

Por algum motivo, sempre me interessei mais em conhecer as batalhas do que as vitórias. A vitória permite a inveja; a batalha, admiração. E, portanto, a minha diversão era ver como alguém chegou aonde chegou, e não a linha de chegada em si.

Por isso, meus heróis sempre foram os "super-homens": os filantropos; os que foram presos 29 vezes e tinham um sonho; os doentes que morreram na banheira clamando um ode jacobino; os físicos que esclerose nenhuma os impedem de estudar; os alquimistas da luz que criaram lindos mundos fantásticos. Estes. Os de verdade. Bem mais do que qualquer figura gloriosa, trajando uma capa, do mundo do Stan Lee. Não comigo. Eu sempre preferi essa outra coisa, essa de verdade, essa invariável e imperfeita realidade.

Imagine! O mundo todo à beira do caos e você aí, com Harvard no currículo. Certamente entregue a você em uma linda bandeja dourada. Quase lírico. Colocou na *cover page* do Facebook, aposto.

Mas, deste currículo, a verdade é que a grande vontade vaidosa de colocar Harvard em negrito era somente superada pela vontade de contar todas as minhas batalhas do caminho. Estas superações: discretas, tímidas e que não ouvem aplausos. No fim das contas, acho-as mais importantes que qualquer fama.

Portanto, não se enganem com as poucas linhas bem escritas e a foto doce: a pessoa é forte e a batalha é imensa. Muito além dessa vitória mostrada. Acredite: por mais recluso que seja, o penhasco já viu gente cair aos montes. Eu, inclusive.

E não escondo as minhas batalhas: percorri todas as cores do caminho. Tenho, em mim, a salvadora, a agressora e a vítima. Sim. Tenho todas; cabe a cada pessoa cativar a parte que bem quer. E isso, meu caro, é de sua responsabilidade, já dizia um jovem loirinho. Afinal, personalidade é o que eu sou. Atitude depende de quem você é.

A minha vítima existe. E como qualquer começo de carreira sem apadrinhamento, ela é chamada. E quando ela entrou na batalha, chegou forte, injustiçada, cansada, dolorida. A minha vítima não é nenhuma criança inofensiva nem um sábio xamã deteriorado. Ela é aquele guerreiro, o primeiro da primeira linha do pelotão de guerra. Não o general, nem o líder lá de trás. Não. Até duvido que seja maior que um cabo. Ela é aquela que trabalhou de graça. A que só ouviu não, sem ajuda, sem apoio. A que só teve a oportunidade de aprender com tapa na cara. A que foi traída. A que falou na hora errada. A que teve suas boas intenções confundidas com oportunismo. A que lutou noites escuras. A que aceitou dores de garganta inoportunas. A que sofreu assédios, ouviu injustiças, mentiras, falsidades. A que não era notada... Sim... Tem vários "as" nessa parte. E a melhor explicação disso talvez resida naquela velha história: quem bate, esquece, mas quem apanha não esquece jamais.

Porém, depois de tantas quedas, tantas dores, tantas vezes, a agressora aprendeu a acordar. E ela emergiu já fazendo rebeliões e magias, das mais escandalosas às mais sorrateiras. Chamo as bestas do apocalipse a qualquer momento para acabar com o que quer que eu não goste. Sou ariana. E, em sendo assim, aprendi a estudar as situações com a seriedade de quem vai derrubar um ditador. Não duvide, nesta barricada quem manda sou eu: a justiça é minha, a mira é minha; desde os tiros cegos no escuro aos mais bem-calculados mísseis. Ela é aquela que tem sangue no olho e é vingativa. A que ri deste sistema e do jogo das pessoas. A que anda pelas ruas mirando o mais alto que pode. A que enfreta o sol com a bravura de um soldado encarando a morte. A que toma um tapa na cara e não dá a outra face. Pelo contrário: se não puder pegar o agente, pelo menos nesta face o mesmo não bate nunca mais.

E, finalmente, também, como um respiro de paz, a salvadora desperta. Mais calma, menos urgente. E os outros? As dúvidas? Os obstáculos? A última? A próxima? Ela te acalma. Morrerá um pouco menos sob minha orientação. E enquanto estiver sob a minha gestão, será respeitado, será educado. É exigido muito, mas pago pelo preço disto sem reclamar. A lealdade para com os aliados, aqui, desafia o bom-senso. É um ombro amigo, uma mão estendida, um coração pulsante.

Sim. Eu tenho todas essas personalidades. Eu bati e eu levei. Eu errei e eu acertei. Nada foi floreado, nada foi dado. Tudo eu corri atrás. E eu não disfarço. Essa imperfeição toda faz parte da minha humanidade. Sou individualista, sim, mas também tenho um altruísmo singelo: quero somar e evoluir. Sei lá, coisas de novata, talvez. A novata sempre quer o impossível e o caminho sempre é árduo. Certo?

Eu bem sei que admitir as quedas nunca é fácil. Mas mesmo assim continuo a preferir o relato das lutas. Não tem jeito. Por mais que este *behind the scenes* tenha lá sua dose editada, batalhas dizem mais que as vitórias. Autobiografias dizem mais que currículos.

Então não. Eu não nasci para ser escritora, não sou nata, não tive QI e não pulei fases por ser boa demais. Eu só escolhi fazer meu propósito de vida através disto. Mas sou imperfeita como todos.

Não sou heroína, mas batalho muito para ser super-humana. Esta mesmo. Esta sim. A real. A imperfeita. A esforçada. A diferente. A polêmica. A grandiosa. A que disseram que não subiria. A que você não viu subir. A sonhadora e a atitude em pessoa. A egocêntrica e a altruísta. A honesta e a atriz. A estrategista e a inexperiente. A corajosa e a medrosa. A boa alma e a bruxa. A salvadora, a agressora e a vítima. A que errou e a que acertou. A que bateu e a que levou. A dita. A cuja. A humana. A terra dos diamantes.

Este livro foi composto com as
fontes das famílias **MERCURY** e **RINGSIDE**
e impresso em papel **AVENA 90 G/M²** pela
PAYM GRÁFICA.